小木屋的故事系列

大森林里的小木屋

（插图版）

[美] 罗兰·英格斯·怀德 ◎ 著

李静 ◎ 译

吉林美术出版社 | 全国百佳图书出版单位

图书在版编目（CIP）数据

大森林里的小木屋：插图版 / (美) 罗兰·英格斯·怀德著；李静译. -- 长春：吉林美术出版社，2023.5

（小木屋的故事系列）

ISBN 978-7-5575-5654-9

Ⅰ.①大… Ⅱ.①罗… ②李… Ⅲ.①儿童小说 - 长篇小说 - 美国 - 现代 Ⅳ.①I712.84

中国版本图书馆CIP数据核字（2020）第130860号

小木屋的故事系列　大森林里的小木屋
XIAO MUWU DE GUSHI XILIE　DA SENLIN LI DE XIAO MUWU

出 版 人	华　鹏
作　　者	[美]罗兰·英格斯·怀德　著
译　　者	李　静
责任编辑	栾　云
装祯设计	张合涛
开　　本	680mm×960mm　1/16
印　　张	8
字　　数	90千字
版　　次	2023年5月第1版
印　　次	2023年5月第1次印刷
出版发行	吉林美术出版社
地　　址	长春市净月开发区福祉大路5788号
邮　　编	130118
印　　刷	天津海德伟业印务有限公司
书　　号	ISBN 978-7-5575-5654-9
定　　价	38.00元

目录

contents

第一章
大森林里的小木屋

在六十多年前，有一个叫罗兰的小女孩，住在美国威斯康星州的大森林里。她的家是一座用原木搭建的小木屋。

小木屋的周围被一片茂密的树林包围着，在这些树林外面又是一望无际的森林。若有谁往北走，哪怕走上一整天、一周，甚至一个月，都走不出这片大森林。

沿途没有房屋，没有道路，也没有人，只有一眼望不到边的树木和那些以大森林为家的野生动物。

森林里住着狼、熊，还有较大的山猫。溪水边还有麝鼠、水貂和水獭。狐狸住在小山丘的洞里。还有鹿群在四处游荡。

小木屋东面和西面也是连绵不断的森林，只有几户人家散落在大森林的边缘。

不管罗兰怎么看，她能看到的也只有她从小就住着的小木屋，在这栋小木屋里，有她的爸妈、姐姐玛丽和妹妹卡琳。

小木屋的门前有一条被马车压出来的小路，蜿蜒向前，一直通向森林深处。罗兰不清楚这小路究竟通向何方，也不知道它的尽头在哪儿。

罗兰管父亲叫"爸"，管母亲叫"妈"，因为在那时候，这样年纪的小孩都这么叫，不像现在这样叫"爸爸""妈妈"。

晚上，罗兰躺在有轮子的小床上。入睡前，她总要竖起耳朵仔细听着大森林里发出的各种声响，不过平时就能听到树木之间的呢喃私语，偶尔也会听到几声野狼的嗥叫，听起来是那样的遥远缥缈，让人很害怕。

罗兰知道狼会吃掉小孩。不过，现在不用担心这个问题，因为她待在爸用结实的圆木修筑的小木屋里，爸的猎枪挂在门上。她们家里还有一只忠诚的虎斑斗牛犬杰克。每到这种时候，爸总会温柔地对罗兰说："睡吧，乖宝贝，杰克在，爸也在。"于是罗兰每天都会在姐姐玛丽的身边甜甜地睡去。

一天晚上，爸把罗兰从被窝儿里抱起来，到窗边看野狼。透过窗户，罗兰看见两只狼蹲坐在小木屋前，乍一看和长毛狗没什么两样。它们不时伸长脖子，对着又大又亮的月亮嗥叫。

杰克在门前来回走动，不停地咆哮着，脊背上的毛都立了起来，对着狼呲着尖牙。狼也发出了愤怒的嗥叫，但是它们始终不敢靠近小屋。

罗兰家的小木屋分上下两层，楼上是宽敞的阁楼。下雨时，雨滴敲击着屋檐，就像打鼓一样，非常好玩儿。楼下是宽敞的客厅和一间小卧室。卧室里有一扇窗户，装着木制百叶窗。客厅有两扇玻璃窗，还有两扇门——一扇前门，一扇后门。小木屋四周

围了一圈坚固的木篱笆，用来防止灰熊和鹿闯入。

屋前的庭院里有两棵郁郁葱葱的橡树。每天早晨，罗兰一醒来就会跑到窗前向外看。一天早晨，她看见每颗橡树的树枝上各吊着一头死鹿。原来，那是爸昨天猎来的，爸把它们拖回来的时候，罗兰已经睡着了。为了防止野狼来吃掉鹿肉，爸就把鹿挂到了树上。

那天，全家人饱餐了一顿新鲜的鹿肉。因为味道鲜美，罗兰真想一口气把它吃完。但是，剩余的鹿肉必须用盐腌起来做成腊肉，留着冬天吃。

冬天的脚步越来越近了，天黑得越来越早，夜晚时分，霜花悄然爬上玻璃窗，很快就要下雪了。那时候，小木屋就会被厚厚的积雪没过，湖水和小溪也会结冰。在这样的日子里，爸很难打到猎物。

冬天来了，熊会躲在树洞里好好地睡上一个冬天。松鼠蜷缩在树干的洞穴中，用蓬松的大尾巴来御寒。鹿和兔子很怕人，而且跑得很快。即使爸能打到一只鹿，也是瘦骨伶仃的，不像秋天的那样肥嘟嘟的。

在白雪皑皑的森林里，爸每天都冒着严寒出去打猎，最后也可能会空手而归。所以，必须在冬季来临之前储备好足够的食物。

爸在剥鹿皮的时候，总是小心翼翼的。他在鹿皮上抹上盐，这样皮子就会自然伸展，可以用来做成柔软的皮革。接下来，爸把鹿肉分割成小块，放在木板上，在上面均匀地撒上盐。

接着，爸把庭院里竖起的空心的原木放倒。爸先在原木里面钉了一排钉子，然后把原木立起来，在顶部做了一个小小的顶盖，又在原木底部开了一个小门。

鹿肉腌制好以后，爸就在每块鹿肉的一侧都打个小孔，用绳子穿上。罗兰看着爸把那些腌肉吊在原木里面的钉子上：他从小门伸手进去，把一些肉挂到尽可能高的地方。又靠木梯爬到了原木的顶端，把顶盖移到一边，伸手下去把另一些肉挂在了钉子上。然后，把那个顶盖重新盖好。

爸爬下梯子，说："罗兰，你去我平时劈柴的地方取些胡桃木的碎屑来，尽量选那些比较干净的、新的。"

罗兰不一会儿就用围裙兜了一兜碎屑过来，木屑还散发着胡桃木的香气。

爸将原木的小门打开，在里面放上一些干树皮和干苔藓，把它们点燃，然后小心地把胡桃木的碎屑撒在火堆上。这样的话，原木里的火就不会烧得很旺，而浓浓的烟雾却能一直冒出来。爸把小门关上，还是会有丝丝烟雾从小门的缝隙和屋顶上冒了出来。但是大部分的烟雾都和鹿肉一起留在了原木中。

爸对罗兰说："胡桃木屑的烟可以熏出最好的腊肉，无论什么天气，无论放在哪里，都不会变坏。"

随后，爸拿着猎枪，扛着斧头，走进了森林，说是要砍更多的树回来。

接下来的几天，罗兰和妈一直守在胡桃木的火堆旁。当熏鹿肉的火快没有烟了，妈就让罗兰再搬一些木屑来，撒在火上。小木屋周围的空气中都散发着熏肉的香味。

终于，爸宣布熏肉制成。爸把鹿肉从树洞里一块块拿出来。妈用纸把鹿肉包起来，挂在阁楼上。这下就只等着鹿肉被风干啦。

有一天天还没亮，爸就赶着马车出门了，直到太阳落山的时候，爸才回来。马车上装满了鱼，罗兰看见鱼的个头儿有的甚至跟她差不多大！原来爸去了丕平湖，鱼就是从湖中捕获的。

晚餐的时候，玛丽和罗兰吃到了鲜美的鱼肉，又大又薄的鱼肉片一根刺都没有。全家人美餐了一顿，然后把剩下的鱼肉用盐腌起来，放在木桶里，准备冬天的时候吃。

爸还养了一头猪，平时它在森林里吃一些胡桃和橡果。后来为了让它能快点儿长膘，爸把它关在了木栅栏里面，等到天冷得能冻住食物的时候，就把这头猪宰了。

一天夜晚，罗兰被猪的尖叫声吵醒了，看到爸拿起挂在墙上的猎枪开门跑了出去，然后就传来了砰砰的两声枪响。

爸回来后，向大家讲述了事情的经过。原来有一只大黑熊站在猪圈外，正伸长爪子想要抓住那头猪，猪被吓得一边嚎叫一边乱跳。爸借着星光向黑熊开了枪，可是没打到黑熊，让它逃回大森林里去了。没有打中黑熊，就没有熊肉吃了，罗兰觉得很可惜，因为她可喜欢吃熊肉了。爸也觉得有点儿失望，但是又笑笑，说："好在我们保住了腌猪肉。"

小木屋后面有一片田地，在夏天种植了各种蔬菜。田地距离木屋很近，白天鹿群不敢跳过围栏偷吃的，晚上有杰克在，鹿群也不敢进来。不过，偶尔还是能在胡萝卜和卷心菜之间发现几个蹄印，旁边还有杰克的足印。罗兰想，肯定是鹿一跳进来就被杰克赶了出去。

现在，土豆、胡萝卜、甜菜、芜菁和卷心菜都被收进了地窖里，因为霜冻的寒夜已经来了。

洋葱和红辣椒被编成串，挂在阁楼顶部。黄色的、橘色的、绿色的南瓜像一座小山堆在阁楼的角落里。阁楼的食品储藏室里，还有一桶桶的腌鱼和黄色的奶酪。

一天，亨利叔叔骑着马穿过大森林来到小木屋，他是来帮爸杀猪的。妈已经准备好磨得十分锋利的杀猪刀，亨利叔叔也带来了波丽婶婶的切肉刀。

爸和亨利叔叔在猪圈旁边生起一堆火，烧了一大锅开水。罗兰跑回屋子里，趴在床上，用被子蒙住脑袋，把耳朵堵上，她怕听见猪的叫声。

"没事的，罗兰，"爸说，"它不会疼的，我们动作很快。"

过了一会儿，罗兰把手从耳朵上拿下来，认真倾听着，那头猪已经不再发出叫声了。之后的屠宰过程就好玩儿多了。这真是忙碌的一天，爸和亨利叔叔都很开心。晚餐会有排骨吃，爸还答应把猪膀胱和猪尾巴留给罗兰和玛丽。

猪断气以后，爸和亨利叔叔用水将猪烫了好几遍，然后抬到板子上，刮掉猪毛，接着他们把猪挂在树上，取出内脏。

爸和亨利叔叔开始分割猪肉，这些肉也要用盐腌，然后像熏鹿肉那样制作和储存起来。

"要说熏肉，胡桃木的碎屑熏出来的肉简直无可挑剔。"爸说。

爸把膀胱吹起来，就像一个白色的气球，然后用一根白色的绳子将口扎紧，给罗兰和玛丽玩。她们有时候把它扔向空中，用手来拍打，有的时候当成足球踢来踢去。

然而，玛丽和罗兰还是觉得烧猪尾巴更令人兴奋。爸将猪尾巴剥好皮，然后在粗的那端插进一根削得尖尖的棍子。妈打开火炉的门，找出几块炉子里的煤炭放在壁炉前的铁板上。

罗兰和玛丽轮流把猪尾巴放到炭火上烤。猪尾巴被炭火烤得滋滋作响，肥油淌下来，滴在炭火上，马上就燃烧起来。妈在猪尾巴上撒了盐。姐妹俩的脸蛋都被烤得红彤彤的，全身发热。罗兰的手指被烫了一下，不过她太兴奋了，一点儿都不在乎。烤猪尾巴真的很有趣，她们俩虽然轮流烤，但还是很难做到公平。

猪尾巴终于烤熟了，香味扑鼻，而且变成了金黄色。她们把猪尾巴拿到院子里，没等到它变凉，就迫不及待地咬了一口，结果把舌头烫到了。她们把骨头上的肉吃得干干净净的，然后把骨头丢给杰克吃。这是今年吃到的最后一根美味的猪尾巴了，要等一年后才会再有这样的机会。

亨利叔叔在晚餐之后就回家了，爸也去森林里干活儿了。需要妈和玛丽、罗兰的活儿还有很多呢。

妈开始炼制猪油了，足足熬了两天时间。玛丽和罗兰搬来木柴并且要看着火。因为猪油必须烧到沸腾，但是还不能让它冒烟，也不能让它燃烧起来。

妈时不时地把棕色的油渣捞出来，放在一块布里，把里面的猪油挤出来，然后把油渣放在盆子里，留着以后做玉米饼的时候用它来调味。油渣很好吃，但是罗兰和玛丽不敢多吃，因为妈说太腻的东西对小女孩不好。

接着妈就开始收拾猪头。她仔细地把猪头上的毛都处理干净，接着放在大锅里煮，一直煮到皮肉脱骨。她用菜刀把肉切碎，加入胡椒、盐和香料调味，又倒了些卤肉汁，最后放在平底锅里冷却。等到肉冷却后就能切成薄片，做成肉冻吃。

那些切割大块肉时剩下的碎肉，不论肥瘦，妈都把它们放在一起剁成馅，再把盐、胡椒和干的紫苏叶子放进去。她用手把它们搅拌均匀，搓成了一个个圆球，放在平底锅里，让它们冰冻起来，那便是肉丸了，可以留着冬天吃。

屠宰结束后，小木屋里放着肉丸、猪肉冻、几大罐猪油和用盐腌的火腿肉，那些胡桃木熏肉也挂满了阁楼。

小木屋里储存了大量的过冬食物，所有能储藏的地方，地窖、储藏室和阁楼都已经被塞得满满的了。

天气转凉，树叶全都落光了。罗兰和玛丽只能在屋子里玩了。暖暖的炉火从未熄灭过，爸晚上的时候总会用煤把火封起来，这样就能保持它烧到天亮。

阁楼是个好玩儿的地方。又大又圆的彩色南瓜可以当作桌椅，头上悬挂着一串串红艳艳的辣椒和紫色的洋葱，用纸包裹着的熏鹿肉也吊在上面，一捆捆干药草和香料散发着辛辣的香气。

外面寒风凛冽，落叶飘零，可是玛丽和罗兰一点儿都不受影响，她俩在阁楼里玩着过家家的游戏。阁楼上是那么的温暖和舒适。

玛丽比罗兰年纪大，所以她有一个布娃娃，玛丽给它起名叫"内蒂"。罗兰只有一个旧手帕包着的玉米棒，她把它当作自己的娃娃，还给它起名"苏珊"。玛丽有时候会让罗兰抱抱内蒂，但罗兰只是偶尔趁玛丽不注意的时候才去抱抱内蒂。

晚上是一天中最愉快的时光。晚饭后，爸从棚屋那里拿来捕兽器，在炉火边给它们擦润滑油。爸把捕兽器擦得锃亮，然后用一根羽毛蘸着熊脂油，擦拭着夹片的铰链和底座的弹簧。

捕兽器有小号的和中号的，还有大型的捕熊器，捕熊器有锋利的锯齿。爸说，如果有人不小心被大捕兽器夹到，腿会被夹断的。

在这样的夜晚，爸会给罗兰和玛丽讲一些小故事和笑话。之后，他会拉一段小提琴给她们听。

门和窗户都关得紧紧的，窗户缝也被妈用布条塞上了，这样寒风就不能钻进屋子里了。但是家里养着一只黑猫，名字叫苏珊，它总是随意出入门板下专门给它留的猫洞。它的动作很敏捷，门板落下来时从来都砸不到它。

这天晚上，爸正在涂抹捕兽器，苏珊钻进了屋子，于是爸说："从前啊，有个人，他养了两只猫，一只大猫，一只小猫。"

玛丽和罗兰爬上爸的膝盖，等着爸往下接着讲。

"一只大猫，一只小猫。所以呀，他在房子里给它们开了两个猫洞，一个大的，一个小的。"

　　说到这里，爸爸停顿了一下。"那为什么不让小猫……"玛丽问。

　　"那是因为大猫不让小猫从大洞口走。"罗兰抢着说。

　　"罗兰，你这样很不礼貌，你不应该打断别人的话。"爸说，"但是，我知道你们都比那个养猫的人聪明。"

　　说完，爸把捕兽器放下，从琴盒中拿出了小提琴，拉起了悠扬的琴曲。这就是一家人最美好的时光。

第二章
冬季的日日夜夜

这个冬季的第一场雪下起来了，天更冷了。每天清晨，爸都会带着猎枪和捕兽器到森林里去，一待就是一整天。爸在经常有麝香鼠和水貂出没的小溪边放置了小号的捕兽器，在狼和狐狸穿梭的树林里放置了中号捕兽器，在熊洞附近放置了一些大号的捕兽器，希望能在熊冬眠之前捕捉到一只。

有一天，爸上午就回来了，但是很快又赶着马拉着的雪橇出去了，他射到了一头熊。玛丽和罗兰拍着手，又蹦又跳，非常高兴。

玛丽嚷嚷着："我要吃熊腿！"其实玛丽还不知道熊腿到底有多大呢。

爸回来的时候，雪橇上放着一头熊和一头猪。原来这天早上，爸扛着枪、拎着捕兽器在森林里来回走着，突然在一棵大松树后面发现了一头熊。熊身前有一头猪，看样子刚被熊咬死。

爸说那头熊两条后腿站立，用两只前掌抱着那头猪，准备美餐一顿。爸看准时机，开枪射中了那头熊。

"这头猪不知道从哪里来的，我就把它一块儿带回来了。"爸说。

这下他们家的鲜肉太丰盛了，足够一家人吃很久。寒冷的冬天是天然的冷库。新鲜的熊肉和猪肉挂在后门外的小木棚里，很快就被冻得硬邦邦的，不会腐坏。如果妈要拿鲜肉来做饭，爸就用斧头砍下一大块熊肉和猪肉。如果想吃腊肉丸子、咸肉、烟熏火腿或鹿肉，妈就自己到小木棚或阁楼上去取。

雪纷纷扬扬地一直在下，小木屋前后都堆满了厚厚的积雪。早晨，窗户上出现了很漂亮的窗花，有的像花朵的形状，有的像小精灵的造型，十分可爱。

妈说，这些图案都是雪精灵杰克趁大家熟睡的时候完成的。罗兰总是认为雪精灵杰克一定是洁白得像冰雪一样，他戴着白色的小尖帽，穿着用鹿皮做成的柔软的白色高筒靴，连外套和手套都是白色的，手上拿着闪烁着光芒的有尖头的工具，他就是用这些工具雕琢出那些图案的。

罗兰和玛丽拿着妈的顶针，在窗子上勾勒出各种漂亮的圆形图案，不过她们绝对不会破坏雪精灵的画作。

罗兰和玛丽把嘴靠近玻璃窗，对着它呵口热气，窗上的白霜就会融化。透过玻璃，她们能看清楚门外的雪堆，光秃秃、黑黝黝的大树矗立着，在皑皑白雪上投下淡蓝色的影子。

罗兰和玛丽每天都会帮妈做一些家务。每天早晨，她们都要擦盘子。玛丽年长些，就比罗兰擦得多些。不过罗兰也总是小心翼翼地擦着自己的小杯子和小盘子。

她们擦完盘子，就该收拾她们那张有滑轮的矮床了。罗兰和玛丽分别站在床的两侧，抻平床单，掖好被角，再把枕头拍松。然后，妈会帮着把这张带轮子的小床推回到大床下面去。

一切完成之后，妈便要开始这一天的工作了。一周七天，妈每天都有不同的工作重点，周而复始：

星期一：洗衣服

星期二：熨烫

星期三：缝补

星期四：做奶酪

星期五：大扫除

星期六：烤面包

星期天：休息日

在一个星期的时间内，罗兰最喜欢搅拌和烘焙的日子。

冬天温度低，奶油搅拌出来有点儿发白，不像夏天那样黄，不怎么好看。妈总是希望食物又可口又漂亮，所以会给奶油上色。

妈把奶油放在搅拌罐里，然后把搅拌罐放在火炉附近烘热。然后妈拿些胡萝卜，清洗干净后去皮待用。接着她拿出一口旧的平底锡锅，锅的底部是一排排小孔，这口带有小孔的锅是爸给妈做的，妈就在锅底的这些小孔上擦刮胡萝卜。等妈将平底锅拿走以后，下面就有了很多柔软多汁的胡萝卜泥了。妈将胡萝卜泥倒进一个装着牛奶的平底锅里，放在火炉上煮。煮好了之后，再倒进一个布袋里。然后，她把黄色的牛奶挤进搅拌器。现在，奶油就变成黄色的了。

等布袋里面的牛奶全部挤出来，玛丽和罗兰吃掉剩下的胡萝卜。玛丽觉得自己是姐姐，应该多吃点儿，而罗兰说她才该多吃点儿，因为她是妹妹。不过妈说，她们应该平分。胡萝卜渣真是太好吃了。

奶油煮好后，妈把木制搅拌棒放进热水里烫一下，再放进搅拌器里，并盖上盖子。盖子的中间有一个小圆洞，妈通过这个小洞上下移动搅拌棒。有时候妈要休息一会儿，玛丽就会帮忙搅拌，而罗兰太小了，根本拿不动那根搅拌棒。

起初，小洞周围溅出的奶油又浓又滑。过了很久之后，它们慢慢呈现颗粒状。妈搅拌的速度就会慢下来，搅乳棒上开始出现微小的黄色黄油颗粒。等妈打开盖子，就可以看见酪乳中浸着金灿灿的黄油块。妈用勺子把奶油舀出来，放在木碗里，用冷水一遍遍地清洗，直到木碗里的水变得清澈、冷却。之后再加入一些盐。

接着，最有趣的时刻来了——给黄油塑形。木制的模具底部是活动的，上面雕刻着带了两片叶子的草莓图案。

妈把奶油压进模具里，塞得满满的，然后将模子倒扣在盘子里，按一下模具底部的把手，这样，一块带着草莓图案的金黄色黄油就掉在盘子里了。

罗兰和玛丽站在妈的两边，全神贯注地看着妈给黄油塑形，一块块金黄色的黄油就这样落进了盘子里。最后，妈给了她们一人一杯新鲜的乳酪。

星期六妈做面包时，她们每人可以拿到一小块面团，然后烤一些自己喜欢的面包。罗兰有一次自己烤了一个馅儿饼呢。

等家务活儿全都做完的时候，妈就会给罗兰和玛丽剪纸娃娃玩。她从白纸上剪下娃娃的形状，用铅笔画上脸。然后再用彩纸剪出花裙子和丝带等装饰，这样玛丽和罗兰就能把纸娃娃打扮得漂漂亮亮的了。

不过，最快乐的时光还是晚上，因为那个时候爸回来了。

爸整天都在森林里打猎，所以胡子上挂着很多冰碴儿。他在门边把枪挂好，一边脱外套、帽子和手套，一边大声喊："我的小甜酒在哪儿？"

"小甜酒"是爸对罗兰的昵称，爸一直这样叫她，因为罗兰的个子很小。

爸坐到炉旁烤火的时候，罗兰和玛丽都跑过来，爬上爸的膝盖玩。过一会儿，爸暖和过来，就又穿戴好了出去把今天需要烧的木柴抱回来。

有时候爸没有捕到什么猎物，就会早些回家，这样可以陪她们多玩一会儿。

他们很喜欢在一起玩一个叫作"疯狗"的游戏。爸会把自己的头发弄乱，然后趴在地上像狗一样吼叫着，追着罗兰和玛丽满屋子跑。

她们躲闪得非常快，但是有一次，她们逃到火炉后的木箱子前，无路可逃了。

爸装的疯狗简直太像了，头发乱蓬蓬，眼神凶狠。玛丽吓坏了，站在那里不知所措。爸往前又爬了一步，罗兰大叫一声，跳了起来，拽着玛丽一下子从木箱上翻过去了。

这时，"疯狗"消失了，爸温和地站在那里，看着她们。

"做得好，罗兰，"爸说，"我一直以为我们的罗兰只是个装苹果酒的小瓶子呢，什么时候变成一匹法兰西小马了！"

"看你把孩子吓成什么样了，查尔斯，"妈说，"你看她俩，眼睛瞪得多大！"

爸取来小提琴，一边拉曲子，一边唱起来：

扬基·杜德尔进了城，

穿的裤子带条纹，

他发誓说看不到小镇，

那里的房子数不清。

听见爸唱歌，罗兰和玛丽已经完全忘记刚刚的"疯狗"游戏了。

他看见大炮摆在眼前，

炮筒粗如树干，

每转动一次，

要用两辆牛车拉。

每次开炮，

要用一牛角火药，

发出声音像爸的枪声一样，

可声音却大太多啦！

爸一边唱着歌一边用脚打着拍子，罗兰也伸出小手，跟着节奏拍起来。

我要歌唱扬基·杜德尔，

我要歌唱扬基·杜德尔，

我要歌唱扬基·杜德尔，

我要歌唱扬基·杜德尔！

小木屋孤零零地矗立在远离人烟的大森林里，四周被厚厚的积雪和严寒的天气笼罩着，而屋内则温暖又舒适。爸、妈、玛丽、罗兰和小卡琳一起享受着温馨甜蜜的夜晚。

屋子里有熊熊燃烧的炉火，寒冷、黑暗和野兽统统被挡在了门外，斗牛犬杰克、黑猫苏珊都惬意地趴在壁炉前，身上映着温暖的火光。

妈坐在摇椅上，借着煤油灯的亮做着针线活儿。煤油灯很亮，盛煤油的玻璃盏底部放了一些盐，以防止煤油炸开四溅，而且还有一块红色的绒布作为装饰。

罗兰很喜欢看小油灯，透明的玻璃罩铮明瓦亮，黄色的火焰跳动着，被红色的绒布映衬得略呈红色。她还喜欢看壁炉里的火焰，火光一会儿是红色的，一会儿是黄色的，偶尔还会出现绿色，在金黄和深红的木炭上还有蓝色的小火苗。

到了爸讲故事的时间了。

罗兰和玛丽爬上爸的膝盖，爸用长长的胡子蹭她们的脸，她们忍不住咯咯地笑出来，每当这时，爸那蓝色的眼睛里总是闪烁着幸福的光芒。

有一天晚上，黑猫苏珊在壁炉前面伸着懒腰，打着哈欠，一会儿把爪子伸出去，一会儿又收回来。于是爸说："你们知道豹子也是猫科动物吗？豹子算是一种很大的猫科动物。"

"不知道。"罗兰说。

"这可是真的啊。"爸说，"你们把苏珊想象成杰克那么大，吼叫起来比杰克更凶猛些就可以啦。这样苏珊就完全像一只豹子了。"

他让罗兰和玛丽在膝盖上坐得更舒服一些，接着说："我现在要给你们讲的故事，就是爷爷跟豹子的故事。"

"是你的爷爷？"罗兰问。

"是你们的爷爷，也就是我的父亲。"爸说。

"哦。"罗兰扭动着身子靠近爸的胳膊。她记得爷爷，爷爷也住在大森林里的小木屋中，不过离这里很远很远。

爸开始讲述爷爷和豹子的故事了。

"有一天，你们的爷爷白天的时候进城去了，忙到很晚才返程。他骑着马穿过大森林的时候，夜幕降临了。爷爷完全看不见路，但是他听到了一只豹子的叫声，当时心里很害怕，因为他出来的时候没带猎枪。"

"豹子的吼叫声是什么样啊？"罗兰问。

"听上去跟女人的声音差不多。"爸说，然后他学着豹子的叫声，罗兰和玛丽在爸的膝盖上瑟瑟发抖。

"哦，查尔斯，你不能这样吓孩子。"妈从摇椅上跳起来。

但是罗兰和玛丽倒是很享受这样的惊吓。

"爷爷骑的马也受了惊吓，使劲狂奔。可是无论怎么跑，那只豹子一直都跟在后面，它一定饿坏了，跑得跟马一样快。爷爷把上半身俯在马鞍上，骑马狂奔。

"就在这时候，爷爷看见了它，那是一只黑色的豹子，就像黑猫苏珊的样子，不过比苏珊要大很多很多倍。它从空中跃过时，就像黑苏珊从老鼠身上跃过一样。如果它扑到爷爷身上，那巨大的爪子和锋利的牙齿就能要了爷爷的命。

"爷爷骑在马上，就像老鼠躲着猫一样拼命逃跑。突然，听不到豹子的声音了，也没看见它在哪里，但是爷爷能感受到豹子还疯狂地跟在他的身后，随时准备扑过来。

"最后，马终于跑到爷爷的小木屋前面，这时爷爷看见豹子一下子扑了过来。爷爷立刻跳下马，冲进门去，然后使劲关上门。那头美洲豹落到了马背上，马拼命地向森林深处冲去，而豹子就骑在它的背上，用爪子使劲撕扯它的背脊。爷爷一把抓起墙上的猎枪，奔到外面，射杀了豹子。

"这以后，爷爷再也不敢不带枪就进森林了。"

在爸讲着故事的时候，罗兰和玛丽一直浑身发抖，紧紧地靠在爸的身上。爸用强有力的胳膊抱着她们，让她们感到无比安全。

在温暖的壁炉前，罗兰和玛丽坐在爸的膝盖上，苏珊躺在暖炉边，喉咙里发出呼噜声，杰克在黑猫的身边伸着懒腰。听到狼嗥叫时，杰克就会竖起耳朵，毛全部竖起来，做出警戒的姿势。但是罗兰和玛丽并不害怕。

在这栋原木建造的小木屋里，她们觉得舒适极了。小木屋四周的积雪越来越厚。寒风呼呼地刮着，因为吹不进小木屋而呜呜地哭号着。

第三章
长长的来复枪

每天晚上，爸在开始讲故事前，都会先准备好第二天打猎要用的火药。这个时候，罗兰和玛丽会帮他一起准备。她们取来长柄的勺子、装满铅粒的盒子，还有子弹模子。然后爸开始做子弹，她俩就挨着爸，聚精会神地看。

爸把铅粒放在长柄勺子里，放到火上烤，一颗颗铅粒就开始慢慢地熔化，变成了液体。爸把这些铅液小心地倒进子弹模子的小孔中。等上一小会儿，他打开子弹模子，一颗颗亮闪闪的子弹就做好了。

罗兰和玛丽忍不住用手去摸。手刚一伸过去，手指头就给烫着了，不过，她们会悄悄地把指尖放在嘴里含着，让它凉下来，继续看爸做更多的子弹。因为爸早就告诉过她们绝不能摸刚做出来的新子弹。

当爸停下来时，壁炉前的地板上已经有了一堆闪闪发光的子弹。等子弹冷却后，爸就把模子上的小孔里残留的铅屑全都刮下来，收集在一起，留着下一次熔化后制作子弹。爸把做好的子弹放进他的子弹袋里。这只袋子小巧精致，是妈用爸打到的一头雄鹿的皮缝制成的。

然后爸就开始擦拭他的猎枪。猎枪在森林里用了一天可能有点儿受潮了，枪管也被火药弄脏了。爸把枪里的推弹杆从枪管下方取出来，然后在杆的一端绑一块干净的布条，再把枪管立在一个铁盆子里，从枪管的顶端向下灌热水，然后迅速把推弹杆伸进枪管里，反复上下拉动，这时候，黑灰色的脏水就会从枪管上的小孔里喷涌出来。爸重复这一套动作直到从里面流出来的水变得清澈为止，这样就表明枪管已经洗干净了。倒进去的水必须是滚烫的开水，因为这样被烫热的枪管才能很快晾干。接下来，爸又用一块有润滑脂的干净布片擦拭枪的外部，直到枪变得锃亮。

现在爸开始上弹药了，需要玛丽和罗兰来帮忙。爸笔直地站在那里，紧握着枪，猎枪枪口向上，直立在地上。

"你们要看仔细，我做得不对的地方，要提醒我！"爸说。

罗兰和玛丽凝视爸的一举一动，其实每次爸都会顺利地完成。

罗兰把一只装满了火药的牛角递给爸，牛角尖上有一个金属盖子。爸先把盖子里装满火药，再把火药倒进枪管。接着，他轻轻晃动着枪身，再拍拍枪管，让所有的火药都落到枪管底部。

"我的碎布盒子呢？"爸问。玛丽就把碎布盒子递给了爸，那里面装满了涂有润滑脂的碎布片。爸拿起一块油布放在枪口上，然后在油布上放一颗子弹，用推弹杆将它们一起推进了枪管里。爸把子弹和油布紧紧地压到火药上。当他把推弹杆推到底时，推弹杆会从枪管里弹出，爸抓住它再用力猛推下去。他要这样反复地推压很多遍。接下来，爸把推弹杆放回到原来的位置上，再从口袋里取出一盒雷管，把枪上的撞击铁扳起来，再把闪亮的小雷管放到撞击铁下面的凹形撞针上。爸小心地把撞击铁放下来，如果撞击铁落下得太快，枪就要走火了。

枪装好后，爸就把它挂在门上方的木挂钩上。这两个挂钩是爸用木头做成的。直的那一端钉在门上，弯曲的那一端冲外，用来支撑猎枪。

枪是装满弹药的，总是挂在门上方，方便爸随时可以拿到。

爸如果去大森林，他一定会把子弹、放油布的铁盒子和雷管放在袋子里，把装满火药的牛角和锋利的小斧头挂在腰间，肩上扛着装好弹药的长枪。

每次开枪之后，爸都会用最快的速度再将弹药装进枪里，因为他不希望在遇到麻烦时枪里没子弹。爸每次射击猎物后，都会量好火药，倒进枪管里，把火药摇下去，将碎油布、子弹装进去并按压结实，然后在撞击铁下放一根新的雷管，这样他才能开第二枪。他射杀熊或美洲豹时，必须保证一枪致命，否则受伤的熊或美洲豹会在猎人重装子弹时夺走他的性命。

但是罗兰和玛丽都知道，她们根本不必为爸担心，因为爸总能一枪就射死熊或者豹子。

当爸的工作完成后，就到了讲故事的时间。

"我想听'森林的声音'。"罗兰满怀期待地说。

"你们想听我小时候的故事吗？"爸说。

"我们喜欢，快讲来听听吧。"罗兰和玛丽齐声说道。

于是爸就开始讲述"森林的声音"的故事。

"那还是我很小的时候，年纪跟玛丽差不多。我每天下午都要去森林里把牛赶回家，天黑之前一定要回到家里，因为森林里有狼、豹子和狗熊。

"有一天，我从家里出去得早一些。我觉得时间充裕，就没有像平时那么着急，而是在森林里玩了起来。森林里的一切都太美妙了。红色的松鼠在树木间穿梭，花栗鼠在树叶间玩耍，还有可爱的小兔子在空地上玩游戏，它们在睡觉前都喜欢玩游戏。

"我把自己想象成一个猎人，高大威武，正在追踪野兽和印第安人。突然，我听到树上小鸟们在叫'晚安'。原来，夜幕早已降临，天马上要彻底黑了。我环顾四周，却没有看到牛群，心里有些着急。

"我细听着周围的一切，可是听不到牛的铃铛声。我大声呼唤着，但是没有得到任何回应。

"我很怕黑暗，也怕野兽，但是没找到牛，我不敢回家。没办法，我只能在漆黑的森林里乱跑，不停地呼唤着牛群。白天还那么熟悉的森林忽然变得无比诡异起来。

"我努力地寻找，高地上、山谷里都找遍了，希望能听到牛铃的声响，但是一无所获，只有树叶沙沙作响……

"就在这时，我忽然听见呼哧呼哧的喘息声，我以为那是饥饿的豹子，其实，那不过是我自己的呼吸声罢了。

"我光着的脚被荆棘划出了道道血痕，我穿过灌木丛的时候，树枝抽打在我身上，但我一心只想找到我的牛群。我不停地奔跑，不停地呼唤着牛的名字：'苏基！苏基！'

"忽然，我的头顶正上方传来了一个声音：'谁？'

"我吓得头发都竖起来了。

"那个声音再次响起来，我吓得魂儿都快丢了，使出全身的力气开始奔跑起来。

"'谁？谁？谁？'那个声音又出现了。我拔腿就跑。

"我早把奶牛忘得一干二净，一心只想赶紧跑出这片黑暗的树林，回到家里。

"黑暗中那个声音总是跟随着我。我没命地跑着，有什么东西突然抓住了我的脚，我跌了一跤。紧接着，我跳起来继续向家的方向狂奔，就算是狼也追不上我。

"等跑到牛棚旁的时候，我看见所有牛都站在那儿，等着我把它们牵进去呢。我把它们赶进了牛棚，然后回到家里。

"你们的爷爷问我为什么回家那么晚，是不是在路上贪玩了。我低着头不知道怎么回答，这时才看见自己的大脚趾上的趾甲掉了。之前我被吓坏了，竟然没感觉到疼。"

爸每次讲到这里的时候，总要停下来，等罗兰说："爸，快讲啊。"

"好，"爸说，"接着，你们的爷爷在院子里的大树上砍下来一截粗树枝，把我狠狠打了一顿，希望我记住这次教训。'你已经九岁了，怎么就记不住我说的话呢？如果你是个听话的孩子，就会避免很多伤害。’”

"哦，爷爷说的是对的。"罗兰说，"那么然后呢？爷爷还说了什么？"

"'如果我说的话你都能用心记着，你就不会这么晚在森林里疯跑，'你们的爷爷说，'更不会被一只尖叫的猫头鹰给吓到了。'"

第四章

圣诞节

圣诞节就要到了。

小木屋几乎全被积雪掩盖了。清晨，爸打开屋门，门外堆积起来的雪和罗兰一样高。每到这样的日子，爸就用铲子把雪铲开，清理出一条小道，直通向牲口棚。牛马都在棚里，那儿温暖又舒适。

这些天天气十分晴朗。罗兰和玛丽站在窗边的椅子上，看着窗外。光秃秃的树枝上堆满了白雪，闪闪发亮。屋檐下挂着一根根冰柱。有的冰柱有罗兰的胳膊那么粗，一直垂到雪地上，闪耀着光芒。

爸正从牲口棚里往回走。他呼出的白气像烟雾一样一团团地凝聚在一起，在他的胡子上凝结成一层白霜。爸在门口用力跺着脚，把靴子上的雪跺干净，然后走进屋来，抱起罗兰，把她紧紧地贴在他冰凉的外衣上。爸胡须上的霜都融化成小水珠了。

这些天的晚上，爸都在忙着打磨一块大木板和两块小木板。

他先用刨子把板子表面刨平，然后用砂纸打磨，最后用他的大手在上面摸了好多遍。罗兰用手在上面摸着，感觉木板就像丝绸一样顺滑。

然后，爸用他那把锋利的小刀把大木板的边缘雕刻成小山和塔楼，在大木板最上方刻了一颗很大的星星。爸又在木板上凿出很多小洞，这些小洞有的看起来像窗户，有的像星星，还有的像弯弯的月亮。在它们的周围，他还刻出了小鸟和小花。

接着，爸把一块小木板雕刻成弯弯的半弧形，然后又在上面雕刻了花朵、星星和叶子，并打了几个洞，做成了新月和花朵的形状。在那块最小的木板上，爸雕刻了细小的开花藤蔓。

这样，爸满意的作品就一点点完成了。他把每一处都刻成最完美的图案。

一天晚上，爸的雕刻完成了。他把三块木板拼合起来，原来是一个小巧的搁物架。那块刻有美丽图案的大木板架在中间，那颗大星星在整个搁物架的顶端，弧形的小木板支撑着它。最小的那块刻了藤蔓的木板，是为搁物架起支撑作用的。原来，这是爸送给妈的圣诞礼物。爸小心地把架子挂在两扇窗户中间的木墙上，妈把她的那个小妇人的瓷像放在了架子上面。

这个陶瓷小妇人戴着一顶瓷帽子，美丽的鬈发披散在肩上，身上穿着滚丝花边的裙子，裙子外面还围着粉红色的围裙，脚上穿着一双金色的鞋。她站在架子上面，四周环绕着爸精心雕刻的花朵、叶子、小鸟和月亮，看起来真是太漂亮了。

妈从早晨起来就开始不停地忙碌，因为她要为圣诞节做好准备。她烘烤了加盐的发酵面包、印第安风味的黑面包、瑞典风味的饼干和一大锅烤青豆，还有咸猪肉和蜜糖。妈烤了醋馅饼和苹果干馅饼。她让罗兰和玛丽舔了舔做蛋糕用的勺子。

一天早上，妈把蜂蜜和糖放在一起，熬制成浓稠的糖浆。爸用两个平底锅从外面盛来两锅干净的雪，摆在罗兰和玛丽的面前。爸和妈教她们怎么把滚烫的黑糖浆淋在白雪上，做成好吃的蜜糖。

她们用糖浆画着弯曲的、圆的、波浪的等形状。糖浆一落到雪上立刻就凝固了，变成了硬硬的糖块。罗兰和玛丽每人可以吃上一小块，剩下的就等到圣诞节才能吃了。

妈之所以做这么多好吃的，是因为伊丽莎婶婶、彼得叔叔、彼得堂兄和艾丽思、艾拉两位堂姐要来她们家过节。

圣诞节前一天，他们到了。

玛丽和罗兰听到了欢乐的雪橇铃铛声，越来越近。一会儿两辆大雪橇停在了门口。雪橇上坐着伊丽莎婶婶和彼得叔叔，还有堂哥堂姐，他们的身上都裹着厚厚的皮袍子，盖着毯子，脸上还有面纱，看起来仿佛是一大堆东倒西歪的行李包。

客人们走进屋里后，小屋里挤满了人。黑猫苏珊一溜烟跑去牛棚躲了起来，杰克兴奋地在雪地里跑圈，一边跑一边汪汪直叫，似乎没办法停下来了。现在，有堂哥堂姐们一起玩了！

伊丽莎婶婶刚脱掉他们身上的外套，彼得、艾丽思立刻和罗兰、玛丽开始又跑又叫地玩起来。最后，伊丽莎婶婶让他们都安静下来。艾丽思说："我们来画画儿吧。"

艾丽思说得到屋外去画。妈担心会冻坏罗兰，但是看到罗兰那副失望的表情，便允许她出去玩了。妈给罗兰穿上厚厚的外套，戴上了帽子和手套，披上了斗篷，才让她出去。

这是罗兰长这么大玩得最开心的一次。整整一上午，她都忙着和彼得、艾丽思、艾拉和玛丽在雪地里玩画画儿。这个游戏是这样玩的：

他们爬上一个大树桩，然后高高地举起双臂数着"一、二、三"就扑到雪地上。接着，他们要小心地站起来，不能弄坏地上压出来的造型。这样雪地上就会有大大小小的，由四个女孩和一个男孩制造的"小人儿"，也就是他们"画"的画儿。

直到夜幕降临的时候，孩子们还兴奋得睡不着，但是，他们不得不去睡觉，否则圣诞老人就不会来给他们送礼物了。于是，孩子们把自己的袜子挂在了壁炉旁，做完祷告后乖乖地爬上床睡觉了。

几个女孩子一起睡在一张大床上，彼得睡在那张带着滑轮的小床上。伊丽莎婶婶和彼得叔叔睡在爸妈的大床上，爸妈就上阁楼睡地铺。彼得叔叔把雪橇上的皮袍子和毯子全都抱进屋子里，这样一来每个人就都有盖的东西了。

爸、妈和彼得叔叔、伊丽莎婶婶一直围着壁炉聊天。快睡着的罗兰突然听到彼得叔叔说："有一天，我去雷克城办事的时候，伊丽莎差点儿丢了命。多亏了我们养的那只狗，很大的那只，叫王子。"

罗兰听到这个，快睡着的她对狗的故事太感兴趣了。她像一只老鼠一样一动不动地躺着，看着映照在墙上的火光，听着彼得叔叔讲故事。

"是这样的，"彼得叔叔说，"那天一大早，伊丽莎拿着木桶去山泉井那儿打水，王子就跟在后面。她走到峡谷边，那儿有条路，沿着路往下走可以走到泉边。王子却忽然从后面咬着她的裙子，用力向回家的方向拖。

"那只狗真的很强壮，个头也不小，尽管伊丽莎大声呵斥它，可它就是不肯松开。伊丽莎根本就没法甩掉它，结果裙子被撕下了一大块。"

"就是我那条印花的蓝裙子。"伊丽莎婶婶对妈说。

"天哪！"妈说。

"我一看裙子被撕坏了，真是太生气了，就想拿鞭子抽它一

顿，"伊丽莎婶婶说，"但是它竟然对我狂吠起来。"

"王子对你吼？"爸问道。

"是啊。"伊丽莎婶婶说。

"伊丽莎气得不行，还是打算去井边打水，"彼得叔叔接着说，"可是王子竟然跳到了她的面前，完全不顾她的责备。它不断地龇着牙，使劲叫着。伊丽莎想绕开它走过去，可是它怎么也不让她过去，还想来咬她。这下伊丽莎真的有点儿害怕了。"

"确实，换作我也会害怕。"妈说。

"是啊，当时王子的样子简直是太凶猛了。"伊丽莎婶婶说，"我真以为它要咬我了。"

"自己家的狗会这样吗？我还没遇到过。"妈说，"那后来你是怎么做的？"

"我只好转身向家里跑去。"伊丽莎婶婶说，"当时孩子们都在家，我进屋以后，使劲把门带上了。"

"王子对陌生人都很凶，"彼得叔叔说，"可是对于家人，它一直都很友善，也很温顺，所以平时把王子放在家里，守护着她们，我很放心。唯独这一次不同，伊丽莎进屋以后，王子还是围着屋子又跑又叫，只要她想打开房门，它就会扑过来，龇着牙吼叫，所以当时伊丽莎也想不明白。"

"难道王子是疯了吗？"妈问。

"是的，我当时也是这样想的。"伊丽莎婶婶说，"我不知道如何是好，我和孩子们都被困在屋子里，也不敢出去。可是家里没有一点儿水，我想打开门弄点儿雪来融化，但是每次门刚刚打开一个缝，王子就疯了一样扑上来。"

"那这样过了多久？"爸问道。

"整整一天，直到黄昏的时候，"伊丽莎婶婶说，"要不是那天彼得把枪带走了，我可能真的会开枪打死它。"

"到了黄昏，王子安静下来，趴在屋门前。伊丽莎看它好像睡着了，想从它身边溜出去，打点儿水回来，所以，她悄悄地把门打开。"彼得叔叔接着讲，"王子立刻就醒了，于是站了起来，就像往常一样，走在伊丽莎前面，一直走到了泉水井边。伊丽莎走到井边，看见雪地上满是豹子留下的脚印。"

"那些脚印就跟我的手掌一般大。"伊丽莎婶婶说。

"是啊，那真是头不小的豹子。"彼得叔叔说，"我从来没见过那么大的豹子脚印。如果那天早晨王子没有阻止伊丽莎，这头豹子肯定会吃掉她。我后来仔细看过那些脚印，估计当时那个豹子就蹲在水井边的那棵老橡树上，静静地等着来井边喝水的猎物。如果伊丽莎真的走过去，它一定会疯狂地扑上去。

"当时天色已经暗了下来，伊丽莎看到这些脚印，便提着水桶匆匆忙忙回家了。王子紧紧地跟着，不时回头看一下山谷方向。"

"我带着王子进了屋。我们再没敢出去，一直到彼得回来。"伊丽莎婶婶说。

"那后来你抓到豹子了吗？"爸问彼得叔叔。

"我带着枪把四周都找遍了，但是没找到，只看到了更多的脚印，一直延伸到森林的北边。"彼得叔叔说。

此刻，玛丽、艾拉和艾丽思都醒了。罗兰把头埋进了被窝里，轻轻地问艾丽思："当时你不害怕吗？我的天啊！"

艾丽思小声地说她当时很害怕，但艾拉比她更害怕。可是此刻艾拉却说她并不害怕。

"不管怎样，你可是一直吵着要喝水呢。"艾丽思轻声说。她们几个一直在被子里窃窃私语，妈对爸说："看来还是要等你拉完琴，孩子们才肯睡觉。"

爸去拿小提琴了。炉火发出蓝莹莹的光，屋子里暖暖的。墙上映出妈、伊丽莎婶婶和彼得叔叔的影子，看起来特别高大。

爸拉着小提琴开始唱起来。

《金钱鼠》《红红的小母牛》《魔鬼的梦》和《阿肯色州的旅行者》……琴曲悠扬婉转，悦耳动听，罗兰进入了梦乡。

奈莉·格莱，我的爱人，

他们将你带走了，

我再也看不到我的爱人了……

清晨，几个孩子几乎是同时醒来的。他们找到自己昨晚挂好的袜子，里面果然有东西。圣诞老人真的来过！艾丽思、艾拉和罗兰穿着粉红色法兰绒睡衣，彼得也穿着自己的长睡衣，他们兴奋地叫着，想看看圣诞老人送给他们的礼物。

每只袜子里都有一双红彤彤的手套，还有一根长长的、扁扁的，有红白条纹的薄荷糖，边缘的地方还有锯齿形的造型。孩子们看到礼物后，眼中都闪耀着喜悦的光芒。

罗兰是最开心的一个了，因为她的礼物是一个布娃娃。这个布娃娃真是太精致了，眼睛是亮闪闪的黑纽扣，洁白的脸蛋是白布做成的，眉毛是用黑色铅笔描出来的，脸颊和嘴唇被用浆果汁做的红墨水涂成了红色，头发是用黑色的羊毛纱绒做成的，编织过又解开，所以是卷的。布娃娃穿着用粉红色和蓝色印花布做成的裙子，脚上穿着红色的法兰绒袜子，还有黑色的布鞋。

布娃娃太漂亮啦！罗兰惊呆了，一句话都说不出。她紧紧地把布娃娃抱在怀里，她不知道其他人都在盯着她看呢，直到伊丽莎婶婶说："你见过这么大的眼睛吗？"

罗兰的圣诞礼物比别人多了个布娃娃，其他女孩并没有嫉妒，因为她是这群孩子里是最小的一个，再有就是小妹妹卡琳和伊丽莎婶婶的小宝宝多莉了。但是她们都太小了，还不会玩布娃娃，她们甚至都不知道圣诞老人是谁呢，此刻这两个小宝宝把手指头放在嘴里吮吸着，因为兴奋，身体扭来扭去的。

罗兰坐在了床边，抱着布娃娃。她很喜欢手套和糖果，但是最喜欢的还是这个布娃娃。她给布娃娃取名叫夏洛蒂。

接着，孩子们看看别人的手套，然后再试试自己的，相互比较了一番。彼得拿出棒棒糖咬了一大口，但女孩子们都只是用舌头舔着棒棒糖，这样可以吃得更长久些。

"咦？就没有谁的袜子里只装着一根鞭子吗？你们都这么大了，难道都是乖宝宝吗？"彼得叔叔问。

然而，他们谁也不信圣诞老人把鞭子当作圣诞礼物。也许有的孩子会受到这样的惩罚，但至少不会发生在他们身上。不过如果让一个孩子一年到头都做好孩子，还真是有点儿难。

"彼得，你别吓唬孩子们了。"伊丽莎婶婶说。

"罗兰，你不想让大家抱抱你的洋娃娃吗？"妈说。她的意思是：小女孩不可以太自私。

罗兰听了妈的话，就把布娃娃递给了玛丽，然后艾丽思和艾拉都玩了一会儿。姑娘们摸着布娃娃的裙子、袜子、靴子和毛茸茸的鬈发，赞叹不已。等到布娃娃最终平安地回到罗兰手中，罗兰还是感到很高兴。

爸和彼得叔叔得到了新手套，手套上面还有妈和婶婶绣的红白相间的小方块图案。伊丽莎婶婶送给妈一个红苹果，里面装满了丁香花瓣，闻起来香极了。这样，苹果就不会变质了，可以长久地保持香甜。妈送给伊丽莎婶婶一个自己做的针线包，大小和一本书差不多。外面是丝绸缝制的，里面是白色的法兰绒碎布，针就插在上面，而且针不会生锈。

大家都对爸为妈打制的储物架赞不绝口。伊丽莎婶婶说彼得叔叔从前也为她做过一个这样的搁物架，但是雕刻的图案不同。

圣诞老人没有送什么东西给他们。圣诞老人是不会给大人送礼物的。这并不是因为大人们不好，只是他们已经长大了。大人之间可以互赠礼物。

现在，他们要把所有的礼物暂时先放一边。彼得跟着爸和彼得叔叔去屋外干点儿杂活儿，艾丽思和艾拉帮助伊丽莎婶婶铺床铺，罗兰和玛丽收拾餐桌，妈在准备早餐。

早餐吃的是煎饼，妈给孩子们做的煎饼是小人儿形状的。妈叫他们轮流拿着盘子来到身边，让他们仔细观察。妈舀一勺子面糊放入平底锅里淋成手臂和腿的形状，然后迅速地翻转煎饼。大家都激动极了。等到煎熟之后，妈就把冒着热气的煎饼放在每个人的盘子里。

彼得一口咬掉了小人儿的头，但是女孩子们却只是小口小口地吃，先吃手臂，再吃腿，然后是躯干，把头留到最后才吃。

今天外面太冷了，孩子们今天只能在屋里玩了。但是他们有新手套戴，还有糖果可以舔。他们都坐在地板上，一起看《圣经》里的插图，还有爸的那本绿皮书，里面都是各种动物的图片。罗兰一直抱着她的布娃娃夏洛蒂。

总算等到了吃圣诞大餐的时候，孩子们用餐时一言不发，因为他们知道小孩子在餐桌上要保持安静。妈和伊丽莎婶婶一直往他们的盘子里添食物，把所有好吃的都给他们吃。

"可惜圣诞节一年只有一次。"伊丽莎婶婶感叹道。

因为路途比较远，所以他们必须早点儿出发。

"如果马跑得快些，"彼得叔叔说，"我们天黑前就能到家了。"

于是，吃完午餐，彼得叔叔和爸就去套雪橇了，妈和伊丽莎婶婶忙着给几个堂兄妹穿衣服。他们先穿上羊毛袜和鞋子，又套上厚厚的长筒羊毛袜，然后穿上外套、披肩、手套、围巾，脸上遮起厚厚的面纱。妈把烤得烫手的土豆放在他们兜里，可以用来暖手。伊丽莎婶婶把熨斗放在炉子上烤热了，这样一会儿就可以把熨斗放在脚部，以防止脚被冻坏。毛毯、牛皮袍子和被子也都烘热了。

等到彼得叔叔一家终于坐在雪橇上，爸帮他们把最后一层袍子披紧。

"再见，再见！"他们大声喊着，出发了。马轻快地向前跑着，雪橇的铃铛也随之发出清脆的响声。

铃铛声响了一小会儿就消逝了，圣诞节就这样结束了。这是个多么开心的圣诞节啊。

第五章
星期天

　　冬季寒冷而漫长，几乎整个冬天都只能待在屋子里，罗兰和玛丽觉得有点儿厌烦了。尤其是星期天，时间过得太慢啦！

　　罗兰和玛丽每到星期六就换上干净漂亮的衣服，头发也扎上崭新的缎带，全身上下都干干净净的，因为她们在星期六晚上都洗了澡。

　　夏天，她们用山泉水洗澡。而冬天，爸会装满一大澡盆雪，放在炉子上加热，让雪融化成水，然后在炉子附近用两把椅子撑起一块毛毯搭成一个临时浴室。妈先给罗兰洗澡，接着给玛丽洗。

　　因为罗兰比玛丽小，所以她第一个洗澡。罗兰洗完了澡，就会换上干净的睡衣，抱着夏洛蒂上床去睡觉。然后，妈倒掉盆里的水，重新装上干净的雪，再给玛丽洗澡。等玛丽洗完澡上床后，妈还要洗澡，最后才轮到爸。一家人都洗得干干净净的，准备迎接星期天。

星期天，罗兰和玛丽在玩耍的时候不能大吵大嚷。玛丽不能缝制拼布被子，罗兰也不能给小卡琳编织小手套。她们可以静静地看着纸娃娃，但是不能打扮它。她们不能缝制娃娃衣服，甚至连针都不能动一下。她们必须安静地坐下来，听妈讲《圣经》，或者是爸的那本绿皮书《动物世界奇观》，书里有关于狮子、老虎和白熊的故事。她们还可以抱着布娃娃玩上一会儿，和布娃娃说会儿话，除此之外，什么事情也不能做。

罗兰喜欢看《圣经》里面的插图。其中有一张是罗兰最喜欢的，那是亚当给各种动物起名字的插图。

插图上画着亚当坐在一块石头上，他的身边围着一群动物和各种鸟类，它们都焦急地等待着亚当告诉自己属于哪一类。亚当看起来很随性，全身上下只有腰间围了一块兽皮，他根本不用担心把衣服弄脏。

"星期天的时候，亚当会不会换上新衣服？"罗兰问妈。

"没有。"妈说，"真可怜，他只能穿一张兽皮。"

罗兰没有为亚当感到可怜，她真希望自己也只穿一张兽皮。

有一个星期天，吃完晚饭，罗兰再也忍不住了。她开始跟杰克追逐，并且乱跑乱叫。爸命令她安静点儿，坐到椅子上去，但是过了一小会儿，她就开始哭起来，并用脚后跟踢着椅子。

"我不喜欢过星期天。"罗兰哭着说。

爸看了一眼罗兰，放下了手中的书，"过来。"他的语气非常严厉。

罗兰磨磨蹭蹭地走过去，她害怕爸会骂她。爸忧伤地看着她，然后把她抱起来，放在膝盖上。他又把玛丽也抱在了怀里，说："来吧，爸给你们讲个爷爷小时候的故事吧。"

"那是爷爷很小的时候，那时候的星期天不是像现在这样从早晨开始的，而是从星期六傍晚太阳下山就开始了。时间一到，每个人都要停下来，无论是工作的还是玩耍的。

"星期六的晚上，餐桌上的气氛十分严肃。晚餐过后，爷爷的父亲就要为全家人朗诵《圣经》中的一个章节，每个人都笔直地坐在椅子上，一动也不能动。然后，他们都跪下来，听他们的父亲念完《圣经》，只有他说完'阿门'的时候，大家才能站起来，手里拿着蜡烛，直接上床睡觉，不能玩耍，不能大笑，也不能交谈。

"星期天的早晨，他们只能吃凉食，因为星期天是不能生火的。吃过饭，大家穿戴整齐，步行去教堂。因为星期天是不能工作的，套马车也是工作。走路时，他们必须目视前方。一路上，他们不许开玩笑或者是大笑，哪怕微笑也不行。你爷爷和爷爷的哥哥们走在前面，你们的曾祖父母走在后面。

"在教堂里，你爷爷和他的哥哥们，在长达两个多小时的时间里必须正襟危坐，仔细聆听牧师布道。他们坐在硬板凳上，不敢动来动去，双腿也不敢来回摇晃，甚至不敢扭头看看窗外、天花板，或者看看墙壁，只能乖乖地坐好，听牧师布道。

"教堂的礼拜结束后，他们慢慢地走回家。回家的路上可以相互交谈一下，但是大声喧哗说笑还是绝对不允许的。回到家里，他们吃的是前一天的剩饭。然后，整整一个下午，他们都坐在长凳上，阅读《教义问答》。等到太阳下山了，星期天才算结束。

"爷爷的家在小山腰的斜坡上。从山顶通向山脚的路正好从爷爷家门前经过。到了冬天，就可以坐着雪橇从山顶一直滑到山脚下。

"有一次，爷爷和他的两个哥哥詹姆斯和乔治做了一辆新雪橇。他们为了做雪橇，连玩耍的时间都用上了。这是他们做得最好的雪橇了。它很长，可以三个人同时坐在上面。

"星期六下午他们有两三个小时的玩耍时间，所以，他们计划在星期六下午做好雪橇，然后就能滑雪橇了。

"但是没想到，你们的曾祖父正在大森林里忙着砍树。他需要孩子们来帮他一把。大清早，他们在煤油灯下做完所有的杂活儿，等到太阳升起的时候，就到森林里去辛苦地砍树。他们一直做到天黑，然后，又有杂务要做。吃过晚餐，他们就必须上床睡觉，以便第二天早起去教堂做礼拜。

"直到那个星期六下午，他们才有时间继续做雪橇。他们拼命赶工，到太阳下山的时候，雪橇总算做好了。

"但是，太阳已经下山了，他们是不能玩雪橇的，那样会打破安息日的规矩。所以他们把雪橇放在屋子后面的棚屋里，等着过完星期天再滑。

"第二天他们在教堂里挨过了长长的两个小时，心里只想着那个雪橇。即使回家吃午餐的时候，他们的脑子里还装着雪橇。吃过午餐，他们是不能玩雪橇的，一次也不行。那样会打破安息日的规矩。你们的爷爷、詹姆斯和乔治坐在长凳上，心不在焉地看着《教义问答》，满脑子都是雪橇。

"阳光明媚，那条小路上的白雪光滑无比，在阳光下闪闪发光，这正是滑雪下山的理想天气呢。他们看着《教义问答》，心里想的还是崭新的雪橇，感觉这个星期天怎么也过不完了。

"过了一段时间，他们听到了打呼噜的声音，抬头一看，他们的父亲居然把头靠在椅背上睡着了！

"詹姆斯看了乔治一眼，从长凳上站了起来，慢慢地从后门溜了出去。乔治向你们的爷爷挤挤眼睛，踮起脚跟在詹姆斯背后。你们的爷爷胆怯地看了看他们的父亲，也跟着哥哥们溜了出来。

"他们拖出新雪橇悄悄地上了山顶。他们准备只滑一次，滑完之后就把雪橇收起来，然后赶在他们的父亲醒过来之前，溜回到长凳上继续看《教义问答》。

"詹姆斯坐在雪橇的最前面，然后是乔治，最后面是爷爷，因为他的年纪最小。

"雪橇出发了！开始速度很慢，接着滑得越来越快，后来就像飞起来一样，但是他们三个人都不敢叫出声来。他们必须悄无声息地从屋子跟前滑过去，不能吵醒父亲。

"他们的耳畔只能听到雪橇滑过冰雪时的声音，还有呼啸而过的风声。

"正当雪橇要从屋前飞快地滑过去的时候，一头巨大的黑色野猪从森林里慢吞吞地走了出来，站在了路的中间。

"他们滑得太快了，根本就停不下来，一眨眼就来到了野猪的前面，把它撬了起来。

"野猪尖叫一声，一屁股坐到詹姆斯身上，继而还发出一连串的尖叫。

"他们闪电般地从屋前冲了过去，雪橇最前面坐着一头黑猪，后面是詹姆斯和乔治，最后是你们的爷爷。他看到他们的父亲正站在门前看着他们。可是，他们没法停下来也躲不开，而且根本没时间说话，就这么向着山脚直冲下去。野猪一路上都在尖叫着。

"雪橇滑到山脚下，终于停了下来。野猪从詹姆斯身上跳了

下来，一边尖叫着一边向森林里飞逃而去。

"他们三兄弟沮丧地回到了家，把雪橇收好。然后，他们悄悄溜进屋子，安静地回到长凳上坐下。你们的曾祖父正在阅读《圣经》，他抬起头看了看他们，一句话也没有说。

"接着他继续诵读《圣经》，他们则继续学习《教义问答》。

"不过，等到太阳下山，星期天结束之后，曾祖父把他们带到了木棚里，用鞭子抽了他们一顿，先是詹姆斯，然后是乔治，最后是爷爷。

"所以你们应该明白，罗兰、玛丽，"爸说，"你们也许觉得做乖孩子不容易，但是比起你们爷爷小时候，现在的星期天过起来可容易得多啦！"

"是不是小女孩也必须要那么乖？"罗兰问。

妈回答说："那个时候，对于女孩子的要求比男孩子还要高呢。因为她们在任何时候，一举一动都得像个有教养的淑女，而不仅仅是在星期天才这样。女孩子绝对不能像男孩子那样坐着雪橇从山顶滑下来，而必须在家里做些家务和针线活儿。"

"今天就到这儿吧，现在赶快让妈带你们上床睡觉吧。"爸说着，从琴盒里拿出了小提琴。

罗兰和玛丽躺在她们的小床上，听着爸在演奏《礼拜日的圣歌》。就连小提琴在星期天里也不能演奏平时的曲目。

千年的岩石，为我崩裂。

当其他人奋力拼搏，

穿过血海时，

我是否应乘着舒适的花床，

飞向天空？

罗兰仿佛在随着音乐飘浮远去，慢慢睡着了。后来，她听到了乒乒乓乓的声音，睁眼一看，原来已经到了早晨，妈正在火炉旁准备早餐。星期一的早晨到来了！而下一个星期天要整整一个星期后才会到呢。

这天早晨，爸进来吃早餐的时候，说要好好打罗兰屁股一顿。

不过，爸解释说，今天是罗兰的生日，只有她挨上一顿打，来年才会快快长大。不过只是轻轻地打，不会让罗兰感到痛。

“一——二——三——四——五——六——”爸一边数着一边轻轻地拍打着。打一下代表着一岁，最后一下要用劲儿打，这样罗兰才可以快快长大。

爸为罗兰的夏洛蒂找了一个伙伴，是用木头雕的娃娃。妈送给她五块小蛋糕，每一块代表她和爸妈一起度过的一年时光。玛丽把一件小小的新衣服送给了罗兰，那是玛丽亲手为罗兰的布娃娃夏洛蒂做的。

这天晚上，为了庆祝罗兰的生日，爸为她演奏了一首新的歌曲《砰！黄鼠狼跑了》。爸在演奏的时候，罗兰和玛丽就坐在他的膝前。

“仔细听哦，”爸说，“说不定你们这次可以看到黄鼠狼嘭的一声就跑出来了呢！”于是，爸唱起来：

买了一团线，花了我一便士，

买了一根针，花了我一便士，

就这样花没了，我的钱……

罗兰和玛丽把身子向着爸靠得更近了，专心致志地看着，因为她们知道要到关键的地方了。

砰！（爸用力拨动了一下琴弦）

黄鼠狼跑掉啦！（这时，爸又拉起了小提琴）

但是罗兰和玛丽没有看清爸是如何用手指拨动琴弦的。

"哦，求求你了，爸，再来一次吧！"她们央求爸。爸看着她们笑了，悠扬的琴声再次响起，他继续唱道：

在鞋店的凳子周围，

猴子在追着黄鼠狼，

牧师吻了鞋匠的妻，

砰！黄鼠狼跑掉啦！

她们这次还是没有看清爸的手指拨动琴弦。他的动作太快了，她们根本就来不及看。于是她们哈哈笑着，上床睡觉去了，躺在床上继续听爸爸拉着小提琴唱着歌：

很久以前有个年老的黑人，

大家都叫他内德爷爷，

他去世很久很久了，

那本该长在脑袋上的头发，

却一根都看不见。

他的手指很长，

就像弯曲的手杖，

他的眼睛几乎看不见，

也没有牙齿吃玉米饼，

只好把玉米饼扔在路边。

铁锹和锄头都挂在了墙上，

小提琴和琴弓也都布满了灰尘，

现在他不需要做什么事情了，

因为好心的内德爷爷已经到天国去了。

第六章
两头大熊

有一天，爸说，春天马上就来了。

大森林里积雪开始融化了。从树枝上滴下来的雪水掉到树下，在雪堆上滴出了许多小洞。正午的时候，小木屋屋檐下挂着的那些大冰柱在阳光的照射下发着耀眼的光芒，凝聚在冰柱尖上的水珠慢慢地往下滴。

爸说他必须去镇上一趟，把整个冬季存的皮货都卖掉。一天晚上，他把这些毛皮扎成了一大捆。家里的野兽毛皮实在是太多了，整理好了差不多就跟爸那么高。

第二天，爸就带着这些皮货去镇上了。要扛去镇上的毛皮太多了，所以他走的时候没有拿枪。

妈很担心，可是爸说他在天黑前就赶回家。

其实，离小木屋最近的镇子也很远。罗兰和玛丽从来没见过商店，甚至从未见过两幢靠在一起的房子。不过她们知道城镇上一定有很多的房子，还有一家商店，里面会卖糖果、印花布，以及很多奇妙的东西——面粉、子弹、盐和糖。她们还知道，爸把皮货卖出去之后，就可以带回很多新鲜的好东西。

所以，那一整天，她们都在焦急地等待着爸给她们带礼物回来。可是，直到太阳低低地落到树梢上方，房檐上的冰柱也不再滴水了，爸还没有回来，她们焦急地张望着。

太阳落下去看不见了，树林里逐渐变暗，可是爸还没有回来。妈已经开始准备晚餐，当餐具都摆上桌子的时候，爸还是没回来。晚餐的时间已经过了，可是爸依旧没有回来。

妈说她要去挤牛奶，罗兰可以陪她去，帮她提灯笼。

罗兰穿上外套，妈帮她扣上扣子。趁着妈点亮灯里蜡烛的时候，罗兰戴上了她的红手套。

罗兰很高兴可以帮妈的忙。她小心翼翼地提着灯笼，给妈照路。灯的罩子是用锡做的，从开着的小洞里，透出了蜡烛的火光。

罗兰跟着妈走在通往牲口棚的那条小路上。虽然天黑了，但是还有几颗星星在天空中眨着眼睛，闪烁着微弱的星光。点点星光看起来还不如灯笼里透出来的烛光温暖和明亮呢。

罗兰感到有些惊讶，因为她看见了奶牛苏基那黑乎乎的身影，它正站在牛棚的栅栏门边。在初春时节，奶牛不能到森林里去吃草，只能一直待在牲口棚里。不过在天气暖和的时候，爸就打开牲口棚的门，让奶牛在附近来回走走。而现在，妈和罗兰看见它正站在栅栏后边等着她们。

这时，妈走到栅栏门前，想把门推开。可奶牛堵在门口，没法打开门。妈说："苏基，让开点儿！"她一边说着一边把手伸过栅栏门，用手拍了拍苏基的肩。

就在这时，摇曳的烛光照亮了门上的栏杆间隙，罗兰看见了长长的、蓬乱的黑毛和两只又黑又小的眼睛！

可是，苏基的毛很短又很柔软，眼睛大大的，而且看起来十分温和。

妈说："罗兰，快回屋去。"

于是罗兰转过身，朝着小木屋走去。妈也转身跟在罗兰后面。当她们走了一段路后，妈突然把罗兰一下子抱了起来飞快地跑进屋，并用力地关上了门。

"妈，那是不是一头熊啊？"罗兰问。

"是的。"

罗兰哭了起来，一下子扑到妈怀里，哭着问："噢，它会吃了苏基吗？"

"不会的。"妈搂着她说，"苏基在牛棚里很安全，还有厚实的原木围墙挡着，门也很坚固，所以，这头熊没法进去吃掉苏基。"

听了妈的话，罗兰感觉好多了。"可是它会伤害到我们的，是不是？"

"它并没有伤害到我们啊。"妈说，"你是个听话的好孩子，罗兰，你照我的话去做了，而且行动很迅速。"

妈的身子还在微微发抖，她勉强笑了笑。"想想看，"她说，"我刚才居然打了熊一巴掌！"

　　妈让罗兰和玛丽先吃晚饭。这时，爸还没有回家。她们只好脱下外衣，做了祷告，去小床上睡觉了。

　　妈坐在灯前，开始为爸缝补衣服。小木屋里没有了爸，显得冷冷清清的，而且感觉怪怪的。

　　罗兰躺在床上，听着外面的风声。风在屋子四周呼啸，仿佛是在寒冷的夜里迷了路似的，也在害怕着什么。

　　妈补好了衬衣。罗兰看着她慢慢地把它叠好，并用手仔细抚平。然后，妈做了一件她以前从没有做过的事情。她走到门前，把门钩的皮带从门外拉到屋内，这样一来，除非从里面卸下门钩，否则从外面是无法打开门的。当妈察觉到罗兰和玛丽还没有入睡时，她说："睡吧，孩子们。不要担心。爸明天早上就会到家了！"说完，她把小卡琳抱起来轻轻地摇着。

　　妈坐着等爸回来，一直都没有睡。罗兰和玛丽不愿入睡，想一直等到爸回家，但是没过多久就睡着了……

　　早晨，爸真的回来了！他带给罗兰和玛丽一袋糖果，还有两块漂亮的印花布，可以给她们每人做条裙子。玛丽的那块布是白底蓝花图案，罗兰的那块是深红色的，上面印有金黄色的小圆点。妈的印花棉布是棕色的，上面有白色羽毛一样的花纹。

　　大家都非常高兴，因为爸把兽皮卖了个好价钱，所以才给她们买了这么多漂亮的礼物。

　　牲口棚周围全是大熊留下的脚印，墙上还有熊掌抓过的痕迹。不过牲口棚里的苏基和马匹都平安无事。

　　这一天阳光灿烂，雪全都融化了。冰柱上的水化成了小水流，冰柱变得越来越细了。等到太阳要落山的时候，大黑熊留下的脚印已经变得模糊不清了。

吃过晚饭，爸把罗兰和玛丽抱在腿上，给她们俩讲了一个新故事——爸在回家途中和"熊"遭遇的故事。

"我昨天扛着兽皮去镇上的途中，发现松软的雪地上泥泞不堪，非常难走。我花了很长时间才走到镇上。等到了商店里，已经有很多人在等着卖皮货了，我就等了好半天。

"接着我们又为每一块兽皮讨价还价，然后我还得慢慢挑选我想要的东西。

"所以，等我要动身回家时，太阳差不多快下山了。

"我想尽量走快些，可是森林里的路很难走，而且我也十分疲劳了，所以直到天黑，我还没有走多远。

"我孤身一人在大森林里赶路，而且没有带枪。那时候离家还有六英里①呢，天色越来越暗，我真后悔没有带枪出来！因为我知道这时候有些熊从冬眠中醒来了。早上我去镇上的时候就看到过它们的脚印。

"现在这个季节，熊都是饥肠辘辘，而且脾气十分暴躁。它们在洞穴里冬眠了整整一个冬季，什么都没吃，都是瘦骨嶙峋的。我可不想在路上碰到一头熊。

"我在黑暗中行走。渐渐地，夜空中有了些许星光，可是当走到树木浓密的地方时仍然是漆黑一片，必须到了开阔的地方，我才能够辨认方向。我能看到前面不远处有一条覆盖着积雪的道

———————————
① 1英里=1.609344公里。

路，周围的森林只能看得出一点儿轮廓。每当我走到一块开阔的地方，我都觉得松了一口气。

"我一直在仔细观察周围，小心提防着熊从哪儿跑出来。我总是仔细倾听有没有踏雪的声响。

"过了一会儿，我走到了另一块开阔地带。天哪！这里真的有一头黑熊！

"它只用两条后腿站立着，一直瞪着我。我看见了它眼睛里发出的亮光，也看到了它那像猪一样的鼻子，我甚至还能看到它的一只爪子。

"我顿时头皮发麻，头发全都竖了起来。我停下脚步，站着不动。那只熊也没有动，它就站在那儿看着我。

"我知道要想从它身边逃跑可不是个好主意。那样的话它会一直在后面跟着我。在漆黑的树林里，它比我看得更清楚。我可不想在黑暗中和一头饿了一冬天的黑熊搏斗。我当时多么希望自己带着枪啊！

"可是，如果要回家，这头熊的方向是必经之路。我想，如果我吓一吓它的话，也许它会把路让开，让我过去也说不定。于是，我深深地吸了一口气，一边大声喊叫，一边摆动双臂。

"但是，这头熊纹丝不动。

"告诉你们，我跑了几步就停了下来，看着它，它也站在那儿看着我。接着我又对着它大喊大叫，它还是站着一动不动。

"唉，那个时候我要逃跑也不是好办法。因为我也许还会碰到别的熊，这样倒不如就对付这一头呢！况且我要回家，回到你们身边来，但如果自己先害怕起来，就肯定走不出大森林了。

"于是，我向四周看了看，从地上捡起一根大木棒，直接冲向那头熊。我用尽全身力气，把木棒向黑熊的脑门劈去。砰！正好砸在了熊的脑袋上。

"谁知那黑熊竟然还是一动不动。原来这不是一头熊，而是一根被火烧焦了的树桩！

"那天早上我去镇里的路上，就是从它旁边绕过去的。它根本就不是一头熊，而是我把它想象成熊啦！因为我当时太害怕了，一直都在担心会遇上一头熊。"

"它真的不是一头熊吗？"玛丽问。

"对，那不是黑熊，我想吓唬的竟然只是一根树桩！"

"可是我和妈是遇到了真正的黑熊哟！不过我们没有害怕，因为我们以为那是苏基。"罗兰说。

爸什么也没有说，只是把罗兰抱得更紧了。

"啊！那头熊可能会把妈和我全都吃掉的！妈直接朝它走过去，还打了它一巴掌，可它没有什么反应，这是为什么呢？"

"我猜它被吓了一大跳，就不敢乱动了，罗兰。"爸说，"也有可能是你照到了它的眼睛，它给吓呆了！你妈还走上去打了它一巴掌，让它也没想到。"

"爸，你真的很勇敢！"罗兰说，"就算那是根树桩，可是你以为它是一头熊啊。你也准备好了和它拼一下，不是吗？"

"是的，"爸说，"我会砸它的。你知道，我必须砸它。"

妈说到了上床睡觉的时间了。妈给玛丽和罗兰换上睡衣，她们就在小床边跪下，做睡前祷告。

此刻我要上床睡觉，

请主仁慈庇佑，

如果我长睡不醒，

请主带走我的灵魂。

妈亲吻了她们，帮她们把被子盖好。她们躺在床上，久久不能入睡，一直盯着妈看。妈光滑的头发梳向两边，她正在油灯旁用爸新买回来的布料做衣服，缝衣针和顶针相互碰撞发出细微的声音，接着线嗖的一声穿过漂亮的印花布。

罗兰又看看爸，他正在往自己的长筒靴上擦油。灯光下，爸的络腮胡子和头发看起来就像丝绸一样光亮，他的格子外套的颜色也很鲜艳夺目。爸一边干活儿，一边吹着口哨。

清晨来了，鸟儿在放声歌唱，

桃金娘和常春藤盛开了，

太阳爬上东边的山冈，

我正是在那样的时刻将她埋葬。

这真是个温暖的夜晚。壁炉里的火已经烧尽，爸没有再添加柴火。在大森林的小木屋周围，只有雪花飘落下来的细微声响，还有水珠从树枝和房檐上落下来的声音。过不了多久，树木就会长出色彩缤纷的嫩叶了，有玫瑰红的、金黄色的、嫩绿色的，森林里还有野花儿竞相盛开，鸟儿们也要尽情高歌。

到那时，晚上也就不会再围着火炉听爸讲故事了，罗兰和玛丽可以整天在树林里奔跑和玩耍，因为春天到了。

第七章
糖 雪

一连几天都是晴天，天气渐渐暖和起来了。早晨的窗户上也不再结霜。屋檐下的冰柱一根根地掉下来，摔在雪地上，发出轻微的脆裂声。

玛丽和罗兰把脸贴在冰冷的玻璃上，可以看到从屋檐上往下滴的水珠，还有光秃秃的树枝。积雪不再晶莹剔透了，看上去又软又疲惫。树下的积雪被树上掉下的水滴砸了很多小洞，小路边的雪堆也在慢慢融化。

有一天，罗兰看见院子里的雪地上露出了一小块泥土地，而且在一天之内，这块泥土地越变越大。到了晚上，整个院子的地面都露了出来，只剩下结冰的小路还有小路两边、篱笆和柴堆边的雪堆。

"妈，我们不能到外面玩，是吗？"罗兰问道。

"罗兰，你该说：'我们可以出去玩一会儿吗？'"妈说。

"我们可以出去玩一会儿吗？"

"明天你们就可以出去玩啦！"妈说。

这天夜里，罗兰被冻醒了。妈又给她加了一床棉被。

"你靠紧玛丽睡，"妈说，"这样你就会暖和起来了。"

第二天早晨罗兰醒来时，火炉里生起了火，屋里十分暖和。罗兰走到窗边一看，四周是一层厚厚的雪，树枝上、栅栏上、门柱上都是雪。

爸从外面走进家门，站在门口踏步，抖掉了靴子上的雪，然后大声地说："下糖雪啦！"

罗兰听后迅速地伸出舌头，舔了舔粘在爸衣褶里的雪。舌头

上只有湿湿的感觉，和其他雪没什么区别。没人注意到她这个傻傻的举动，罗兰暗自庆幸。

"爸，为什么这种雪叫作糖雪呢？"罗兰好奇地问。爸说他现在没有时间解释，他马上就要出发了，要到爷爷家去。爷爷家在大森林的更深处，那里长着比这儿更高大的树木。

罗兰站在窗户前，看着爸踏着积雪出门去了。爸的身材很高大，肩上扛着枪，斧头和装火药的牛角挂在他的腰间，长筒靴在松软的雪地上踩出了大大的脚印。罗兰一直目送着爸的身影消失在森林里才回过头来。

那天晚上爸很晚才回家。他进门时，妈已经点亮了灯。爸一只手拿着一个大纸包，另一只手拎着一个有盖子的木桶。

"拿着，卡洛琳。"爸说，爸把手上的纸包交给妈，然后把猎枪挂回门上。

"如果今天在途中遇到了熊，我手里拿着这么多东西，根本就没办法开枪啊！"爸笑着说，"可要是我把木桶和这包东西扔掉了，我就没有必要开枪了。熊肯定会顾不上我，我可以站在一边，看着它吃里面的东西，舔自己的爪子。"

妈打开了大纸包，里面是两块硬硬的黄褐色糕饼，每块都大得跟牛奶盆差不多。她揭开木桶盖子一看，桶里装着满满一桶蜂蜜。

"玛丽、罗兰，你们过来。"爸说着，从他的口袋里掏出两个小圆包，每人给了一个。

她们打开了包在外面的纸，里面是一小块硬硬的黄褐色糕饼，边缘上还有漂亮的波浪形花纹。

"尝一口吧！"爸眨着眼睛笑着说。

她们各自在自己的糕饼上咬下一小块，味道是那么的香甜。糕饼一到嘴里就化开了，比圣诞糖果还好吃。

"这是枫糖。"爸说。

晚饭已经准备好了，玛丽和罗兰把枫糖小蛋糕放在自己的盘子边上，吃着面包上的枫糖浆。

吃过晚饭，爸坐到了火炉前，把她们抱上膝头，给她们讲今天在爷爷家发生的事情，还有关于糖雪的事。

"在整个冬天，"爸说，"爷爷一直在做木桶和引流管。他是用雪松和白蜡木做的，因为这两种木材不会破坏枫糖的味道。

"首先，爷爷将木材劈成大约两指宽、手掌这么长的小木棍，从小木棍一端剖开，剖到中间，削掉一半。这样，木棍的一头是方的，另一头是扁的。然后，他用钻头从方的那头钻进去一个孔，并用刀把木头削成圆孔，只剩下一个薄壳，再用刀把木棍扁的那头挖空，这样引流管就做好了。他做了几十个这样的引流管，还做了十只新木桶。他提前把这些全都准备好，等待第一个暖和天的到来。这时，树液开始在树内流动。

"然后，爷爷走进枫树林，用钻头在每一棵枫树上都钻出一个洞，把引流管插进洞里面，用铁锤子打牢。接着把木桶放在引流管扁平一端下方的地上。

"你们都知道，树液就是树的血液。当春天气温变得暖和起来，树液就会从树根出发向上流动，一直流到每一根树枝上去，树枝就能长出嫩绿的树叶了。

"现在，枫树的树液流到了树上打洞的地方，就会从树干里流出来，顺着引流管流进木桶里。"

"这些树木一定感觉很疼吧？"罗兰问。

"就像你刺破了手指头，不会很疼的。"爸说。

"每天爷爷都穿上他的靴子和外套，戴上毛皮帽子，到森林里去收集树液。他在雪橇里放上一个大木桶，一棵树接着一棵树地走过去，把树下木桶里的树液倒进大木桶里，然后把大桶拖到一口大铁锅那儿，爷爷在两棵树之间架上一根横木条，再把大铁锅用铁链悬挂在这根横木条上。

"爷爷把树液倒进大铁锅里。铁锅下面是一堆烧得很旺的篝火，把树液煮得滚开。他一直小心地守候在那儿，要保持树液烧得滚开，又不能让树液沸腾出来。

"每过上几分钟，爷爷就用一把长柄木勺子来撇清漂上来的泡沫。树液的温度烧得过高了，爷爷就舀上满满一勺子树液，高高地举起来，再慢慢地倒回锅里，给树液降低温度。

"当树液熬得足够浓时，爷爷就把糖浆装进木桶里，剩下的会继续熬煮直到树液变成颗粒状，他便会把树液倒在碟子里冷却。

"树液一结晶，爷爷就跳到火边，撤掉下面的火。然后，他以最快的速度将浓稠的糖浆舀起倒入准备好的牛奶锅里。牛奶锅里的糖浆变成了一块坚硬的棕色枫糖。"

"哦，原来是因为爷爷在做糖，所以雪就叫作糖雪，是吧？"罗兰问。

"不是这样的。"爸说，"它叫作糖雪，是因为在每年的这个时候都下雪，这意味着人们可以做出更多的糖来。你们看，这场小小的寒流和降雪抑制了树上新叶的生长，这样树液的流动时间就会更长一点儿。

"有了更多的树液，爷爷便能做出够吃一整年的枫糖来。这样，爷爷就不需要再用皮货去换太多的糖了，只要一点点摆上餐桌招待客人就够了。"

"爷爷一定很喜欢下了一场糖雪吧。"罗兰说。

"是啊，"爸说，"爷爷非常高兴。他下个星期一又要熬枫糖了，他让我们都过去呢！"

爸的蓝眼睛闪烁着亮光，他把最令人兴奋的消息保留到了最后才讲了出来。

"嗨，卡洛琳！到时候还有一场舞会呢！"他对妈说。

妈听后开心地笑了。她放下了手中的针线活儿，说："查尔斯，你说的是真的吗？"

然后她继续缝补，脸上一直洋溢着灿烂的笑容。她说："我要穿那件印花连衣裙。"

妈的那件裙子实在是太漂亮啦。衣服的底色是墨绿色的，上面全是些小图案，看起来就像是成熟了的草莓。那是在东部大城市的洋装店里做的。妈原来住在东部，和爸结婚后，她才西迁到了威斯康星州的大森林里。

妈在和爸结婚以前，还非常时髦呢，那时她的每一件衣服都是同一位裁缝做的。

这件连衣裙一直用纸包裹着，存放在家里。罗兰和玛丽从来没有看见妈穿过，妈只是拿出来给她们看过一次。妈让她们摸了摸上衣前面那漂亮的深红色纽扣，还让她们看裹在衣服接缝里的那些鲸鱼骨是多么精美，里面足足缝了几百个精巧的十字针。

妈准备穿上这件漂亮的连衣裙，可见这个舞会是非同寻常的。罗兰和玛丽都很兴奋，她们坐在爸的膝上，不断地询问关于舞会的事情。最后爸说："是该睡觉的时间了，到时候你们就什么都知道了。我现在要给我的小提琴换上一根新弦。"

刚才吃过枫糖，玛丽和罗兰的手都是黏黏的，得在睡觉前洗干净，接着要做祷告。爸随着小提琴的乐声唱起歌来，他一边用脚在地板上打着节奏，一边唱道：

我是海马号的船长金克斯，

我用大豆和玉米喂马，

我常常会力不从心，

因为我是海马号的船长金克斯，

我是陆军中的船长！

第八章

爷爷家的舞会

星期一的早晨，大家起床很早，想早点儿出发到爷爷家去。爸说，到了爷爷家，他就要帮爷爷采集树液、熬枫糖。妈要帮着奶奶和姑姑一起做大家聚会的美食。

大家在灯光下吃完早饭，洗干净餐具，整理好床铺。爸将心爱的小提琴放在小箱子里，然后再放到早已停在门前的大雪橇上。

天气寒冷，天空灰蒙蒙的。雪橇底部铺着稻草，罗兰、玛丽和妈、小卡琳坐在上面，身上用袍子裹得紧紧的。

马晃了晃头，欢快地拉着雪橇向前跑去，雪橇的铃铛发出一串悦耳的声音。一家人乘坐着雪橇穿过大森林，朝爷爷家飞驰而去。

路上的积雪又湿又滑，雪橇在上面滑得很快，两旁的大树快速往后退去。

过了一会儿，太阳就升起来了，阳光照进森林，空中闪烁着点点亮光。在树干的阴影之间，黄色的光带与树干的影子交错相间。积雪似乎也被染上了一抹淡淡的粉红色。森林里的每个物体都留下了美丽的浅浅的影子。

爸把动物留在雪地上的脚印一一指给罗兰看。那些小小的，像在跳舞时留下的小脚印是野兔的，那些细小的脚印是田鼠留下的，还有雪鸟爪子的印记。当然也有一些较大的脚印，其中有狐狸留下的像狗掌一样的脚印，还有鹿，蹦跳着到森林里去了，在雪地上也留下了脚印。

天气渐渐变暖和了，爸说积雪很快要融化了。

雪橇很快就驶到了爷爷家屋前的空地上。奶奶已经在门口满脸微笑地欢迎他们了。

奶奶说爷爷和乔治叔叔已经到枫树林里去干活儿了。于是，爸马上去树林帮他们，妈抱着卡琳，和奶奶、罗兰、玛丽一起进了屋。

罗兰很喜欢奶奶家，她家的屋子比罗兰家的大多了。屋里有一个很大的房间，还有一个乔治叔叔住的小房间，另一间房间里住着杜西亚姑姑和鲁比姑姑。在厨房里有一个很大的做饭用的炉灶。

从大房间的壁炉这头跑到窗户下奶奶的床边，真是好玩儿极了。房间的地板全是原木做成的，到处都擦拭得光亮可鉴。窗户下的大床上叠放着厚厚的鸭绒被。

罗兰和玛丽在大房间里玩，妈在厨房里帮奶奶制作食物。这一天好像特别短，一天很快就过去了。男人们到森林里去时都带上了午餐，所以午餐时她们就只吃了冷的鹿肉三明治和牛奶。

奶奶为晚餐准备了玉米布丁。奶奶站在火炉旁，把手中的黄色玉米面慢慢地放进一壶沸腾的盐水中。她一边用大木勺不停地搅动，一边继续放玉米面。等壶里冒泡的黄色玉米面糊足够浓稠，奶奶就把它移到炉灶后面，让它慢慢地熬着。

整个屋子里香气弥漫。玉米甜甜的香味，壁炉里熊熊燃烧着的山胡桃木散发的味道，还有奶奶家插着丁香的苹果的味道，各种香味在屋里飘散着。阳光从闪闪发亮的玻璃窗照进宽敞干净的屋里。

吃晚饭的时候，爸和爷爷从森林里回来了。他们的肩上都挑着一个大木桶，木桶里装满了枫糖浆。

爸和爷爷把森林中那口大锅熬出的糖浆挑回来了。

奶奶在炉灶上放了一个很大的铜锅，爸和爷爷把糖浆倒进铜锅里，那口铜锅好大啊，足足装进整整四桶糖浆。乔治叔叔也拎了一小桶糖浆回来，晚餐时，大家就吃上了浇着枫糖浆的热腾腾的玉米布丁。

乔治叔叔是从部队回来的，他穿着钉着铜纽扣的蓝色军装，一双蓝色的眼睛炯炯有神。他长得高大魁梧，走起路来神采奕奕。

罗兰在吃玉米布丁的时候，眼睛一直盯着乔治叔叔。因为她听爸给妈讲过，乔治叔叔太狂野了。

"自从乔治打完仗回来，就变野了！"爸这样说的时候，总是一副无可奈何的样子。乔治叔叔十四岁的时候就偷偷离开家，到部队去当了个小鼓手。

罗兰从来没见过性子野的人，她想知道乔治叔叔是不是真的很可怕呢？

大家吃完晚饭，乔治叔叔就到屋子外面吹军号。那悠长的声音响彻夜空。大森林里昏暗寂静，所有的树木都静静地站在那里，仿佛是在聆听这号声。接着，军号声从遥远的大森林里传了回来，声音十分轻微，就像有小小的军号在回应叔叔一样。

"听，"乔治叔叔说，"这声音是不是很好听？"罗兰抬起头望着他，什么也没说。乔治叔叔一吹完军号立刻就跑进屋子里

去了。

在妈和奶奶收拾餐桌上的餐具时，杜西亚姑姑和鲁比姑姑正在她们的房间里精心打扮着自己。

罗兰坐在姑姑们的床上，看她们梳理自己的长发，并仔细地将其分开，又编成长长的辫子，然后挽成大发髻。厨房的凳子上搁着一只水盆，她们在水盆里用肥皂把手和脸洗得干干净净。她们用的是从商店里买回来的肥皂，而不是日常使用的那种粗肥皂。

她们花了很长时间来打理额前的头发。她们把灯举起来，从挂在墙上的一面小镜里看着自己的发型。最后，姑姑们把自己前额的刘海稍微弄出一个漂亮的弧度，然后把发梢卷了起来，整整齐齐地塞在大发髻下面。

随后，她们穿上漂亮的白色长袜。袜子是用细棉线织成的，上面有花边和镂空的图案。当然，她们也都穿上了自己最好的鞋子。她们相互帮忙穿上塑身衣。杜西亚姑姑使足浑身的劲把鲁比姑姑的塑身衣带子收紧，然后杜西亚姑姑手抓着床铺的柱子，让鲁比姑姑帮她勒紧塑身衣的带子。

"鲁比，你再拉紧一点儿啊！"杜西亚姑姑呼吸急促地说，"再勒紧点儿。"

鲁比姑姑说："卡洛琳说他们结婚的时候，查尔斯能轻松地用两手环抱她的腰呢。"卡洛琳就是罗兰的妈啊，罗兰听到这里，心里感到非常骄傲。

接下来，鲁比姑姑和杜西亚姑姑穿了法兰绒衬裙，周围的荷叶边全部以针织花边作为装饰。最后，她们套上了漂亮的外裙。杜西亚姑姑的裙子是深蓝的底色，上面印着朵朵红花和翠绿色的叶子。上衣的正面钉了一排黑色纽扣，形状像是一颗颗饱满的黑莓，罗兰忍不住想摘下来吃掉。鲁比姑姑的裙子是用暗红色印花布做的，上面有淡红色的羽毛花纹。上衣钉着金色纽扣，扣子上面都刻着一座小城堡和一棵小树。

杜西亚姑姑的白色领子非常漂亮，领子前面用一枚硕大的圆形浮雕宝石别针固定，宝石表面雕有女士头像。鲁比姑姑的领针则是一朵用封蜡做的红玫瑰。这是她自己做的。有一根缝衣针的针眼断裂了，再不能缝衣物，于是她便拿它做成了这枚漂亮的领针。

她们看上去可爱极了。蓬松的大圆裙在地板上窸窣作响，让她们走起路来像飘浮着一样，十分优雅。她们的腰肢纤细，面颊绯红，头发闪亮、顺滑，双眼闪烁着光芒。

妈也太漂亮了！她穿着那件墨绿色连衣裙，衣裙上点缀着草莓图案。裙摆上打着一道道细褶，还有深绿色的蝴蝶结作为装饰。妈在领口前别了一枚金色领针，这枚领针是扁平的，上面刻着一些花草，周围呈波浪形。妈看上去是那么高贵典雅，罗兰简直都不敢碰一碰她。

客人陆续到了。有些客人是提着灯笼步行穿过森林来的，有的是坐着雪橇和马车来的。雪橇的铃声响个不停。

大房间里到处都是长筒靴子和女士飘来飘去的裙子。小宝宝们在奶奶的大床上躺了长长一排。詹姆斯叔叔和莉比婶婶带来了他们的小女儿。巧得很，她的名字也叫罗兰。两个罗兰站在床边看着那些婴儿。另外的那个罗兰说她家的婴儿比小卡琳漂亮。

"她根本不漂亮！"这个罗兰说，"小卡琳才是世界上最漂亮的小宝宝。"

"才不是呢！我们家的可爱。"另一个罗兰说。

"是，她就是！"

"不，她不是！"

妈穿着连衣裙十分优雅地走过来，严厉地叫了一声："罗兰！"两个罗兰都不敢再说什么了。

乔治叔叔吹起了他的军号，那声音响彻整个屋子。乔治叔叔不停地说着，笑着，还跳起舞来。接着，爸也从盒子里取出小提琴拉起来。一对对男女舞伴分站在两边，变成面对面的两列，听着爸演奏的音乐准备起舞。

"向右转，向左转！"爸大声喊着。所有的裙摆都旋转起来，男士的长筒马靴也不断地敲击着地板，大家翩翩起舞。所有女士朝一个方向走，所有男士朝相反的方向走，大家互相牵手，时而紧握，时而分开。

"让你们的舞伴旋转起来！"爸喊道，"然后，每位先生向左边的女士鞠躬！"

大家都照着爸的话去做。罗兰看见妈裙裾飘飘，微微弯下腰来，给舞伴行了个礼。罗兰觉得妈是世界上最可爱的舞蹈家。爸随着小提琴唱起来：

啊，布法罗的女郎，

你今晚可以出来吗？

你今晚可以出来吗？

你今晚可以出来吗？

啊，布法罗的女郎，

你今晚可以出来吗？

在月光下跳一支舞？

大家又开始跳舞，裙子在旋转，靴子在踢踏，舞伴们相互鞠躬，然后分开，会合，再鞠躬。

奶奶一个人待在厨房里，正随着音乐的节拍不断地搅动着铜锅里熬着的糖浆。厨房后门旁边放着一桶干净的雪，奶奶有时会用碟子盛一点儿雪出来，从锅里舀起满满一勺糖浆淋在上面。

罗兰又回头去看大伙儿跳舞。现在爸正演奏《爱尔兰的洗衣妇》。他唱道：

开心地跳吧，女士们，

看着，后跟和脚趾重重地踩下去！

罗兰的脚也不自觉地跳起来。乔治叔叔看着她的模样，大笑起来。他拉起罗兰的手，和她在角落里轻轻地跳起舞来。罗兰一下喜欢上了乔治叔叔。

大家在厨房门前大声笑了起来，原来他们想拉奶奶来跳舞。奶奶的衣服也很漂亮，她穿着一条蓝色的棉布做成的印花衣裙，衣裙上点缀着金黄色的树叶。

奶奶笑得脸颊有些微红，她的手里还握着那把木汤勺呢。她一边摇头，一边说："我不能扔下糖浆不管呀。"

这时爸开始演奏《阿肯色州的旅行者》，每个人都配合音乐打着拍子。于是，奶奶向大家鞠了一躬，单独表演了几个舞步，那轻松漂亮的舞步绝对不输给在场的任何人。

突然，乔治叔叔向奶奶深深鞠了一躬，然后就轻快地跳起吉格舞。奶奶把木汤勺抛给别人，两手叉腰，面对乔治叔叔，也跳起了吉格舞。大家都兴奋地叫起来。

罗兰也随着音乐的节拍和大家一起拍手。爸的小提琴奏出了非同寻常的美妙音乐，奶奶的眼睛闪烁着光芒，脸颊绯红，裙摆下的鞋跟把地板敲打得嗒嗒直响。

每个人都特别兴奋。乔治叔叔的节奏越来越快，奶奶一直面对着他，身姿轻盈如燕。爸继续演奏着小提琴，乔治叔叔开始擦拭额头的汗水，粗声地喘起气来，奶奶却跳得眼睛都在放光。

"你赢不了她，乔治！"有人喊道。

乔治叔叔听后跳得更快了，速度比先前提高了一倍。但是没想到奶奶比他更快了半拍。大家又欢呼起来，兴奋地鼓掌，男士们都在开乔治叔叔的玩笑。可乔治叔叔已经喘不过气来，依然保持着舞步。

爸的眼睛高兴得发亮，他一直在看着乔治叔叔和奶奶，手里的琴弓在琴弦上快乐地跳起了舞。罗兰兴奋得又蹦又跳，还使劲儿拍着手掌。

奶奶双手叉着后腰，高高地扬着下巴，一直面带微笑。乔治叔叔也一直跳着，不过，他跺脚的声音没有开始那么响亮了。奶奶的鞋跟仍然欢快地敲打着地板，充满节奏感。乔治叔叔的汗水现在已经顺着脸颊流下来了。

突然，他高高地举起手臂，喘着气喊："我输了！"

大伙儿大声吼着叫着，跺着脚，鼓起掌来，一起为奶奶喝彩。奶奶又跳了一会儿，然后才停下来。她喘着气大笑着，眼睛闪烁着光芒，和爸爸大笑时一模一样。乔治叔叔一边笑，一边用袖子擦着额上沁出的汗水。

突然，奶奶像想到了什么，转过身急忙跑进厨房。这时，爸停止了拉小提琴，女士们都在闲聊，男士们都在拿乔治叔叔寻开心。

没过多久，奶奶从厨房走出来，对大家说道："糖浆熬好了，大家可以来品尝了。"

大伙儿急忙走进厨房去拿盘子，又跑到屋外往盘子里装一些雪。厨房门一打开，一股冷气就钻了进来，屋外已经是满天星光了。

罗兰和另外一个罗兰，还有其他小朋友，都用盘子舀了雪，再次回到拥挤的厨房。

奶奶站在大铜锅旁边，用大木勺把热气腾腾的糖浆淋在盘子里的雪上。糖浆一旦冷却，就会变得软软的，大家马上就可以吃掉。

枫糖吃得再多也不会伤身体，每个人都可以尽情地吃，大铜锅里糖浆多着呢，外面雪也多着呢。吃完一盘后，他们再次在盘子里装满雪，奶奶会在上面淋上更多的糖浆。他们吃足了枫糖浆，就来到餐桌旁。桌上摆放了南瓜派、水果派、饼干、蛋糕、猪肉干等一些美味食物，客人都可以随便取用。

等每个人都饱餐之后，大家又开始跳起舞来。奶奶仍守在大铜锅旁。她不断舀出一点儿糖浆来查看，随后又摇摇头倒回锅里。

大房间里，又传来了悦耳的小提琴和大家的舞步声。

终于，大铜锅里的糖浆变成像沙子一般的颗粒了，奶奶高兴地大声叫着："快来啊，姑娘们，糖浆结成颗粒啦！"

鲁比姑姑和杜西亚姑姑跑了过来。她们摆好大大小小的平底锅，等全部盛满后，她们又立刻拿来了更多的平底锅。她们把盛满糖浆的锅子端到别处，让它们冷却成枫糖。

奶奶说："现在把面饼锅拿过来给孩子们装枫糖。"

每个孩子都拿到了一把面饼锅或者至少是一个废弃的杯子或碟子。孩子们都眼巴巴地看着奶奶把枫糖舀出来，生怕到最后枫糖分光了。那么，就要有人站出来有礼貌地谦让一下了。不过，剩下的糖浆完全够孩子们吃。

小提琴的演奏和人们的舞蹈一直都没有停止过。罗兰和另一个罗兰站在旁边看着大家跳舞，后来她们索性坐在地板上欣赏这一切。舞蹈是那么优美，琴声是那样欢快，罗兰觉得她就是再看一整天，也不会看腻的。

飞舞的漂亮的裙子、靴子"嗒嗒"地踩踏着地板的声音、欢快的小提琴声一直在罗兰的脑海里回荡。

早晨醒来，罗兰发现她正躺在奶奶的床上。这已经是第二天清晨了。妈、奶奶和小卡琳都还躺在床上。爸和爷爷裹着毛毯睡在壁炉边的地板上。罗兰没看见玛丽，原来，她睡在了杜西亚姑姑和鲁比姑姑的床上。

不久，大家就起床了。早晨吃的是煎饼和枫糖浆。吃过早餐，爸就把马和雪橇拉到大门前。

妈抱着卡琳，爸扶她上了雪橇。爷爷抱起玛丽，乔治叔叔抱着罗兰，把她们俩轻轻地放在铺满稻草的雪橇里，爸把大衣和棉袄裹在她们身上。

爷爷、奶奶和乔治叔叔对他们挥手告别，大声说："再见！再见啦！"罗兰一家人就驾着雪橇向森林里的小木屋飞奔而去。

阳光特别温暖，马在快速奔跑，马蹄甩起一团团泥泞的雪。罗兰看见在雪橇滑过的雪地上留下了两道痕迹。

"在天黑前，"爸说，"我们还将看见最后一场糖雪。"

第九章
到镇上去

在最后那场糖雪融化以后，春天就来了。弯弯曲曲的篱笆边，光秃秃的榛树丛萌发了新芽，鸟儿站在榛树丛中放声歌唱，草也变绿了。森林里开满了野花，到处都可以看见金凤花、紫罗兰和小小的星形草花。

天气转暖以后，罗兰和玛丽央求妈让她们光着脚出去玩。刚开始她们还只是光着脚绕着柴火堆跑上一会儿。第二天，她们就可以跑得更远一点儿。过了不久，妈就把她们的鞋子上了油收起来了。这样，她们就可以整天光着脚到处跑啦。

每天晚上睡觉前，她们都要把脚洗得干干净净。露在裙子外面的脚背和脚踝，晒得跟她们的脸一样黑。

玛丽和罗兰就在小木屋前的两棵大橡树下玩过家家。有一棵树下面的地方是罗兰的"家"，另外一棵树下是玛丽的"家"。柔软的草地可以当作地毯，葱葱绿绿的树叶可以当作屋顶。她们能够透过树叶间的缝隙看到一小片蓝天。

爸用树皮做了一个秋千，挂在罗兰的那棵树上。那棵树上有一根粗壮、低矮的树枝。不过，玛丽想玩的时候罗兰也必须让玛丽玩。

玛丽有一个带裂痕的碟子，可以当作玩具玩，罗兰有一个缺了口的漂亮杯子可以玩。罗兰的"家"里还住着布娃娃夏洛蒂和内蒂，还有爸做的小木人。每天，她们都会采摘一些树叶，给夏洛蒂和内蒂做帽子，还用树叶做成小杯子、小碟子，摆放在桌子上。这张桌子是一块光滑平整的石头。

苏基和洛齐这两头母牛都被放到森林里去了，可以自由地吃草，它们身边还有两头刚出生的小牛。而母猪和它的七只小猪仔住在猪圈里。

爸这几天忙着犁去年开垦出来的土地，播下谷种。有一天，爸干完活儿回来，对罗兰说："你猜我今天看见什么了？"

罗兰猜不出来。

"好吧,我告诉你。"爸说,"今天早晨我在地里干活儿的时候,一抬头,看见树林边站着一头鹿!你们猜它身边还有什么?"

"一只小鹿!"罗兰和玛丽握紧小手,几乎同时回答。

"你们猜对了!"爸说,"它的鹿宝宝和它在一起呢。鹿宝宝长得可漂亮了,毛色非常柔和,眼睛又黑又大。它的脚是那么细小。它站在那儿,一双温柔的大眼睛好奇地看着我,没有一丝害怕的神色。"

"爸,你不会开枪打死小鹿吧?"罗兰问。

"不会!我也不会打死它妈妈和爸爸。我现在不打猎了,等到小动物长大再说吧。所以在秋季来临以前,我们只好不吃新鲜的肉了。"爸回答。

爸说等种完庄稼,一家人就到镇上去看看,他要带上罗兰和玛丽去,她们都长大了。

她们兴奋极了,这两天就开始一直玩"到镇上去"的游戏。不过,她们怎么也玩不好,因为她们不知道镇上究竟是什么样子。她们听说镇上有一家商店,但是却无法想象商店的样子。

从此,她们的布娃娃夏洛蒂和内蒂似乎每天都要"问"她们能不能也跟着去镇上看看。罗兰和玛丽总是回答:"不行啊,今年你们不能去。只要你们乖乖的,我们保证明年带你们去。"

一天晚上,爸说:"明天我们到镇上去。"

这天晚上,虽然并不是星期六,妈却给罗兰和玛丽洗了澡,接着把她们长长的头发分成一束束的，然后打成圆圈，再用一条碎布条把它们紧紧地扎起来。这样，她们的头上就冒出一个个小鼓包，睡觉的时候，不管转向哪个方向，都会被硌到。但是到明天早晨，她们就会有一头鬈发了。

她们实在是太高兴了，根本睡不着。妈也不像平常那样缝缝补补，而是忙着准备明天的早餐和要穿的衣服。

春天的白天变长了。还没等吃完早餐，妈就吹熄了灯。这是一个美丽的晴朗的早晨。

妈催罗兰和玛丽快点儿吃，然后匆匆整理好餐具。趁妈整理床铺的时候，她们就穿上了鞋袜，然后妈帮她们穿上了最漂亮的裙子。玛丽穿的是深蓝色的印花裙，罗兰穿的是深红色的印花裙。玛丽帮罗兰系好背后的扣子，妈也帮玛丽扣好扣子。

妈解开了她们头发上的布条，把头发梳成了长长的大波浪形，一直披到肩上。她梳得好快，所以梳到打结的地方就会觉得很痛。玛丽有一头漂亮的金发，可罗兰的头发却是泥土般的棕色。

头发梳好后，妈就给她们戴上遮阳的草帽，在下巴上系一个蝴蝶结。妈在自己的领子上别上那枚金色的别针。她戴帽子的时候，爸已经把马车拉到大门口了。

爸把马的毛刷得光滑发亮，车厢也清扫得干干净净，并且放了一块干净的毛毯在里面。妈抱着小卡琳和爸坐在前面的座位上，罗兰和玛丽就坐在货箱里的木板上。

马车在森林里穿行，处处都是春天的气息。小卡琳不断发出咯咯的笑声，妈的脸上一直洋溢着笑容，爸一边驾马车，一边吹着口哨。明亮温暖的阳光照着道路，芳香的气息从森林里飘来。

在前面的道路上，有几只兔子立在那儿。它们举起小小的前爪，鼻子一张一翕，阳光倾洒在它们颤动的长耳朵上。一会儿，它们又摇着尾巴跑进森林里去了。有两次，罗兰和玛丽看到鹿站在树林里的阴影中，它们透过树林用黑色的眼睛望着她们。

到镇上大约要走七英里。那个镇子叫作丕平，就在丕平湖的旁边。

马车走了很长时间，树林间不时闪现出一泓蓝汪汪的湖水。坚硬的路面渐渐变成了软软的细沙路。马车的车轮深深地陷了进去，马都有点儿拉不动了，汗水不停地流出来。爸看了有点儿心疼，就让大家下车，让马休息一会儿。

终于，罗兰的眼前呈现了一片湖泊。湖水像天空一样碧蓝，湖面大得仿佛与天边连接在了一起。罗兰目光所及之处，都是平静的蓝色湖水。在视线的尽头，水天连成了一线，有着更加湛蓝的颜色。

罗兰抬起头，发现头顶上的天空辽阔极了，她从来不知道天空竟然有如此之大。在这样的天空下，她突然感到自己是多么的渺小，禁不住有些害怕起来，幸好身边还有爸妈在。

太阳渐渐爬上了高空，天气一下就热起来了。在漫无边际的天穹下，就算森林再大，也显得微不足道了。

爸勒住了马，转过头来，用马鞭指着前面说道："罗兰，玛丽，我们到了，看，前面就是丕平镇。"

罗兰站在货箱里的木板上，爸站在旁边扶着她的手臂，这样她就能清楚地看见丕平镇了。她屏住呼吸看着眼前的一切。她终于明白，扬基·杜德尔进了城的心情了。城里的房子太多了。

湖边有幢很大的房子，爸告诉她，那就是商店。这幢大房子不是用原木建的，而是用灰色的宽木板建成的。商店四周是一片沙地。

商店后面有一块空地，面积要比爸在树林里开辟出来的那块空地大得多。罗兰站在树桩上，看到了数不清的房子。这些房子也不是用原木盖起来的，而是和商店一样用木板盖的。

罗兰从来没有想到会有这么多房子，而且房子与房子之间距离这么近。其中有一幢房子是用新劈的木板盖起来的，木板还是木材的黄色，没变成灰色。

这些房子里都住着人，烟囱里都冒着烟。虽然今天不是星期一，可还是有些洗好的衣服挂在外面。

几个小孩在空地上玩耍，他们从一根树桩跳到另一根树桩上，不时地大声叫着。

"这就是丕平镇。"爸说。

罗兰只是点了点头，她现在正看得眼花缭乱，说不出一句话来。过了一会儿，她才坐下来，马车继续向前行驶。

她们在湖边下了车，爸把两匹马解下来，分别拴在马车的两边。然后他牵着罗兰和玛丽，妈抱着小卡琳，踏着沙地朝商店走去，热乎乎的沙子钻进了罗兰的鞋子里。

商店前面有一个高高的宽大平台，平台的一侧，一级级阶梯从沙地通向商店。罗兰的心怦怦直跳，浑身都在颤抖，所以每一步都走得十分艰难。

这就是爸用兽皮交换商品的那家商店。他们走进去的时候，商店老板从柜台后面走出来，跟爸和妈说着话，又跟罗兰和玛丽打招呼。

玛丽说："您好。"可罗兰却说不出话来。

老板对爸和妈说："你们家的女儿都好漂亮啊。"老板还赞美了玛丽漂亮的金色鬈发，但没有提到罗兰或者她的鬈发，因为罗兰的头发是很普通的棕色。

商店里的东西琳琅满目。墙壁上都装着货架，上面摆满了印花棉布。有粉色、蓝色、红色、褐色和紫色，非常漂亮。在厚木板做成的柜台旁，有好多装着钉子和灰色圆形射钉的小桶放在地板上，还有装满糖果的大木桶。商店中间摆放着闪闪发亮的犁、斧头、铁锤、锯子和各种用途的刀子——猎刀、削皮刀、屠刀和折叠刀。此外，店里还有各种各样的鞋子和长筒靴。

店里的东西，罗兰觉得就是看上几个星期也看不完。她以前根本不知道世界上竟然会有这么多东西。

爸和妈采购花了很长时间。老板把一匹匹印花布取下来，摊开来让妈妈抚摸、查看以及询问价格。罗兰和玛丽站在一边看着，但是她们不可以乱摸。印花布的颜色和图案一匹比一匹漂亮，罗兰真不知妈面对这些是怎样做出选择的。

妈选了两种印花布给爸做衬衫，还选了一块棕色牛仔布给他做工作服。然后，她又选了白布准备做内衣和床单。

爸还想再多买一块棉布，给妈做一条围裙。妈却说："不，查尔斯，我不需要。"

爸大笑起来，他说妈必须选一块布，如果她再不挑选的话就买那块大红色带黄色条纹的布料给她了。妈笑了，脸都红了，最后选了一块印有玫瑰花蕾和枝叶的淡黄色印花布。

爸为他自己买了一副裤子背带和一些烟叶。妈买了一磅①茶叶和一小袋糖。这种糖是浅黄色的，不像妈平日里用的深棕色枫糖。

等爸妈把所有东西都买齐了，老板给了玛丽和罗兰一人一块糖果。她们又惊又喜，呆呆地看着手里的糖果，过了一会儿，玛丽才回过神来，跟老板说了一声："谢谢。"

罗兰一句话都没说，大家都等着她开口。妈只好问道："罗兰，你该怎么说呢？"

罗兰这才开口，小声说："谢谢您。"

然后，一家人走出商店。这两块糖都是薄薄的扁扁的心形，上面还印着红色的文字，妈念给她们听。玛丽那块糖上写着：

玫瑰是红色的，

紫罗兰是蓝色的，

甜甜的糖，

就像甜甜的你。

---

① 1 磅 =0.4536 千克。

而罗兰那颗糖上只写了一句：

糖果送给甜甜的你。

这两块糖一样大，不过罗兰那块糖上的字母要比玛丽的大一些。

他们穿过沙地，来到湖边的马车旁边。爸把饲料袋打开，让马吃东西。妈也打开了野餐盒子。一家人坐在马车旁的沙地上，吃着涂了黄油的面包和奶酪，还有煮鸡蛋和饼干。丕平湖的湖水泛起波浪，卷到他们脚下的湖岸边，然后又静静地退去了。

吃过午饭，爸又回商店和别人聊天去了。妈抱着小卡琳坐着，直到小卡琳渐渐入睡。罗兰和玛丽沿着湖岸跑来跑去，捡着那些漂亮的鹅卵石。她们在大森林里从没见过这样的鹅卵石。

罗兰只要一看见漂亮的鹅卵石，就立即把它捡起来装进口袋里。光溜溜的石子有好多好多，罗兰的口袋都装满了。这时，她听到爸在喊她们，就赶快向马车跑去。爸已经把马车套好，该回家了。

罗兰朝着爸一路飞跑过去，满满一口袋漂亮的小卵石发出欢快的声音。可是当爸把她抱起来放在马车上的时候，发生了一件意外的事。

重重的石头把罗兰的口袋给撑破了，口袋从裙子上撕裂开，鹅卵石掉了出来，在马车车厢底部散落了一地。罗兰伤心地哭了起来，因为她最好的裙子被撑破了。

妈把小卡琳交给爸抱着，急忙来到罗兰身边看看衣服撕破的地方。她说没事的。

"罗兰，不要哭了！"她说，"我会把它缝好的。"妈让罗兰自己看看口袋，其实不是口袋破了，而是缝口袋的线脱开了而已，只要回去再缝上去就会跟原来的一样了。

"把这些漂亮的石子捡起来吧，罗兰，下次不要再放在口袋里了。"

于是罗兰把小石子捡起来，放进口袋里，然后把口袋放在自己的腿上。妈笑她太贪心，结果把口袋都撑破了。罗兰才不在乎妈说的这些话呢。

这样的事情是不会发生在玛丽身上的。玛丽是个十分乖巧的小女孩，她的衣服看上去总是干干净净的，还特别注重言行举止。玛丽还有着一头漂亮的金色鬈发，连送给她的糖果包装纸上都有一首诗呢。

玛丽看上去是那么乖巧可爱，她紧挨着罗兰坐着，她的衣服整整洁洁，连一点儿皱褶都没有。罗兰觉得这不公平。

不过，这天仍然是非常快乐的一天。这是罗兰长这么大以来最美妙的一天。她细细地回想着那一片美丽的湖、她所看见的镇子，还有那家商店里各种各样的商品。她小心翼翼地把鹅卵石放在腿上。她还细心地用手帕把心形糖果包好，准备到家后把糖收藏起来。这块糖实在是太漂亮啦，吃掉未免太可惜了。

马车摇摇晃晃穿过森林，向着回家的方向驶去。太阳落山了，森林里渐渐变得暗起来，月亮爬上了枝头。他们都很安全，因为爸出门的时候带了枪。

柔和的月光透过树梢洒落下来，在道路上投下一块块亮光和阴影，马蹄也不断地发出悦耳的声音。

罗兰和玛丽一言不发，因为她们今天太累了。妈静静地坐着，抱着熟睡的小卡琳。这时，爸轻轻地唱起了歌：

虽然我们也会沉迷于欢乐与享受中，

但是，这世上也没有一处地方，能比得上我那简陋的家园。

第十章
夏日时光

现在是夏天了，大家开始出门走亲访友。亨利叔叔、乔治叔叔、爷爷有时候会骑着马走出大森林来看爸。每逢有客人到来，妈都会走出门去迎接他们，向他们问好，然后说："查尔斯在地里干活儿呢。"

这时，妈会在家里多做几道好菜来招待客人，午饭的时间也会比平常长一些。爸妈和客人坐在一起先聊聊天，再回去干活儿。

有时候，妈会让罗兰和玛丽到山下去看看彼得森太太。彼得森一家刚搬到这里不久，他们的房子很新。屋子里显得十分整洁，因为他们家没有淘气的小孩子。

彼得森太太是瑞典人，她让玛丽和罗兰欣赏她从瑞典带来的那些漂亮东西，比如蕾丝、彩色的刺绣和瓷器。

彼得森太太对她们讲瑞典语，她们对她说英语，不过，她们之间竟然可以毫无障碍地交流。每次，她们离开时，彼得森太太

总会送给她们一人一块饼干。她们在回家的路上小口小口地吃着饼干，非常珍惜。

不过，罗兰只会把自己的饼干吃掉一半，玛丽也只吃掉一半，她们决定把剩下的半块饼干留给妹妹小卡琳。这样，等她们回到家，小卡琳就拥有了两个半块的饼干，合在一起就正好是一整块了。

可这样分并不公平，她们都和小卡琳平分这两块饼干，卡琳就吃到一整块饼干了。不过，要是玛丽留下半块，而罗兰吃掉她的整块饼干，或者罗兰省下半块，玛丽则把她的那块全吃掉，似乎也不公平。

她们想来想去，还是各自留一半饼干给小卡琳。可是她们总觉得这样做有点儿舍不得。

有时候，邻居们会约定某天来家里拜访。妈就会进行大扫除，再准备一些好吃的，还会特意打开从商店买来的那袋糖。到了约定的这天，一大早就会有马车停在家门口，几个陌生的小孩也一块儿跟随而来，和她们一起玩。

胡莱特先生和太太来做客时，带来了伊娃和克伦斯。伊娃是一个长着黑眼睛、黑色鬈发的漂亮的小女孩。她玩的时候小心翼翼的，衣服总是干干净净。玛丽喜欢这样的女孩，不过罗兰更喜欢和克伦斯一块儿玩。

克伦斯有一头火红色的头发，满脸雀斑，总是笑呵呵的。他的衣服非常漂亮，是蓝色的套装，上衣前面一排金光闪闪的纽扣一直系到领口边，衣服边上用彩色布条镶着边。他的脚上穿着一双铜头鞋。他鞋尖上的铜片是那么耀眼，罗兰真希望自己是一个男孩子，因为女孩是不能穿那样的长靴的。

罗兰和克伦斯跑来跑去地追着玩耍，还爬上树去玩，而玛丽和伊娃则优雅地散步、轻声交谈。妈和胡莱特太太在一起聊着天，阅读着胡莱特太太带来的《戈德女士书》。爸和胡莱特先生一起去看马和庄稼，然后一起抽烟斗。

有一次，洛蒂阿姨来玩了一整天。那天早上，妈帮罗兰解开缠住头发的布条，梳成长长的鬈发。罗兰不得不站在那儿，很久不能动。玛丽早就打扮好了，她安安静静地坐在椅子上，金色的长发卷曲而柔顺，穿着蓝色的裙子，显得清新明快。

罗兰非常喜欢自己的红裙子。妈在给她梳头发的时候把她的头发扯得好疼啊，可惜，她的头发是棕色的，不是金色的，这样就不会有谁注意到她了。大家只会注意到玛丽的一头金发。

"好了！"妈弄完后说，"你的头发已经卷得非常漂亮了。

洛蒂阿姨马上就到了，你们俩去迎接一下吧，顺便问问她是喜欢棕色鬈发呢还是金色鬈发。"

罗兰和玛丽向门外的小路跑去，洛蒂阿姨已经到门外了。洛蒂阿姨非常年轻，个子比玛丽高。她穿着漂亮的粉红色裙子，手上还拿着粉红色遮阳帽的带子。

"洛蒂阿姨，你喜欢金色的头发还是棕色的头发呢？"玛丽问道。玛丽照着妈说的话问了，她是一个很乖巧的女孩。

"两种我都很喜欢。"洛蒂阿姨说。她一只手牵着玛丽，一只手牵着罗兰，她们就蹦跳着来到妈的面前。

太阳透过窗子照进屋里，屋里的一切看起来是那么整洁、漂亮。桌子上铺着一块红色的桌布，炉灶擦得乌黑锃亮。透过卧室的门，可以看到带着轮子的小矮床整整齐齐地摆放在大床底下。食物贮藏室的门敞开着，搁物架上摆满了食物。黑猫苏珊在阁楼里打了一会儿盹，正喵喵地叫着，从阁楼上跑下来。

一切都是那么令人愉快，罗兰感到非常开心。谁也没想到那天晚上她竟然会那么淘气。

洛蒂阿姨走后，罗兰和玛丽感到很疲倦，所以情绪也都不太好。她们在柴堆上捡了一些碎木块，以备第二天早晨生火用。这是她们一直都不喜欢干的活儿，尤其是今天，两个人更是不想动。

罗兰捡到了最大的一块，玛丽说："我才不在乎呢，反正洛蒂阿姨最喜欢我这头金色头发。金色头发比棕色头发漂亮多了！"

罗兰感到喉咙一紧，但一句话也说不出来。她心里明白金色头发比棕色头发更漂亮。她急得说不出话来，就猛地伸出手打了玛丽。

这时，她听见爸在喊她："罗兰，过来。"

罗兰不情愿地拖着脚步慢腾腾地挪了过去。原来，爸正好坐在门边，看见她打了玛丽。

"你应该记得，"爸说，"我告诉过你们，绝不能打架。"

"可是，玛丽她说……"罗兰想辩解。

"那不是理由，"爸说，"你应该记住我对你说过的话。"

爸说着从墙上取下皮带，抽了罗兰几下，以作为惩罚。

罗兰坐在墙角的椅子上抽抽搭搭地哭着。哭够了，就一个人生闷气。现在唯一能让她感到高兴的事，就是玛丽要一个人把明天用的碎木片捡够。

等到天黑了，爸终于说："罗兰，过来。"爸的声音很温和。罗兰走了过去，爸一把把她搂在怀里。罗兰依偎在爸的臂弯里，头轻轻地靠在他的肩上，爸那长长的棕色胡须半遮着罗兰的眼睛。这时，罗兰知道爸不生气了。

罗兰把事情的缘由告诉了爸，然后问："你是不是也喜欢金色的头发，而不喜欢棕色的头发？"

爸低头看了看罗兰，说："罗兰，我的头发也是棕色的呀！"

罗兰从没意识到这一点。爸的头发是棕色的，胡须也是棕色的，现在她突然觉得棕色也挺好看的。况且，一想到玛丽要一个人捡木片，她心里就偷着乐呢。

在夏天的晚上，爸既不讲故事也不拉小提琴。夏季里白天很长，爸会在田地里干一天活儿，所以非常疲惫。

妈也非常忙碌。罗兰和玛丽帮着她清除院子里的草，喂牛，喂鸡，还帮着捡鸡蛋，和妈一起做奶酪。

当森林里的草长得又高又密时，母牛就会产大量的奶水，这时就到了制作奶酪的季节。

做奶酪必须杀掉一头小牛，因为做奶酪离不开凝乳酶——一种在小牛的胃里可以找到的物质。这头小牛要足够的小，要只用牛奶喂养还没有吃过草的那种。

罗兰担心爸会杀掉牛棚里的小牛。那两头小奶牛都非常可爱，其中有一头是浅黄色的，另外一头是红色的，它们的毛很柔软，大大的眼睛充满好奇，特别可爱。所以，当妈对爸说起做奶酪的事，罗兰的心就怦怦直跳。

幸好，爸是不会杀掉家里的小牛的，因为它们都是小母牛，长大了就是乳牛。爸到爷爷家和亨利叔叔家去，讨论做奶酪的事。亨利叔叔说他会杀掉他家的一头小牛，这样就有足够的凝乳酶了。

爸又去了亨利叔叔家一趟，取回了一块小牛的胃。它就像一块软软的灰白色的皮革，上面长满了皱褶。

晚上给奶牛挤了奶后，妈把牛奶装好放在锅里。第二天早上，妈把牛奶表面那层奶油撇掉，用来做黄油。接下来再把早晨刚挤的牛奶和昨天锅里剩下的牛奶倒在一起煮。那块牛犊胃用一块布包着，浸在温水里。

牛奶加热到一定温度时，妈将布里的牛犊胃挤干，把挤出来的水倒入牛奶里。接着，她把牛奶搅匀，放在炉边一个暖和的地方。不到一会儿，牛奶就会凝结，变得光滑而富有弹性，像布丁一样。

妈用刀把它们切成很多小块，并让它们保持直立，一直到里面的乳清和水分都流出来为止。然后，妈将所有的奶块倒在一块布上，沥干稀薄的淡黄色乳清。等这块布滤尽了乳清，妈就把奶块全都倒在大锅里，加上盐，搅拌均匀。

罗兰和玛丽都来帮忙，妈开始加盐搅拌的时候，她们都很想吃一口没做好的奶酪，牙齿咬上去还会发出咯吱咯吱的声音。

爸已经把挤压奶酪的木板架好了，就在屋子后面的樱桃树下。他在木板上挖出两道凹槽，把木板放平，一端比另一端稍微高出一点儿。低的那端下面放着一个空桶。

妈在木制奶酪模具里铺了一块干净的湿布，堆满放了盐的半成品之后，压上一块正好可以嵌入奶酪模具内的圆形木板。最后，妈把一块大石头放在了木板上。就这样，圆木板一点点被石头压下去，就有乳清被挤压出来，顺着木板的小槽子流进下方的空桶里。

第二天早晨，妈就从模具里取出圆圆的、浅黄色的奶酪，差不多有牛奶锅那么大。接着，再放一些奶块进去，填满奶酪模具。

每天早晨，妈都会把刚压好的奶酪取出来，弄出整齐的形状。她用一块布把奶酪包起来，在布上涂满黄油，然后放到食物储藏室的架子上。

妈每天都用一块湿布把每块奶酪仔细地擦上一遍，然后在上面涂上一层黄油。过了一段时间，奶酪表面就会形成一层硬皮。妈用纸把奶酪包起来，放在了搁物架上。接下来就可以吃了。

罗兰和玛丽都喜欢制作奶酪的过程。她们喜欢吃奶块，咬起来牙齿咯吱咯吱地响，也爱吃妈在处理奶酪形状时掉下来的边边角角。妈笑她们偷吃。

"有人说，天上的月亮就是生奶酪做的。"妈告诉她们。

刚做好的奶酪饼确实像从树梢里露出脸来的月亮。但生奶酪不是青色的，而是月亮本来的黄色。

"叫它生奶酪，是因为它还没有成熟。它凝固成块并且熟了的时候，就不叫生奶酪了。"

"月亮真是用生奶酪做的吗？"罗兰问道，妈笑了起来。

"我想大家是说月亮像未成熟的奶酪。"妈一边擦拭着生奶酪，给它们抹上牛油，一边告诉她们——其实月亮上是没有生命、没有生物的，是个寸草不生的小世界。

妈在第一天做奶酪时，罗兰尝了一口乳清。妈转过身来看到罗兰的表情，不禁哈哈大笑起来。当晚，玛丽和罗兰刷碗时，妈告诉爸罗兰偷偷尝了乳清，却苦着一张脸的样子。

"罗兰，你吃了你妈做的乳清，还不至于饿死。但是格拉姆爷爷就不一样了。"爸说。

于是，罗兰很想听听格拉姆爷爷的故事，她央求着爸。爸已经很累了，不过还是拿出小提琴，边拉边唱了起来：

老格拉姆是个慈祥的老人，

可是有一天他去世了，

我们再也见不到他了，

还记得他那件旧上衣吗？

那上面的纽扣整整齐齐。

老格拉姆的妻子做奶酪，

老格拉姆只有奶清喝，

一天有一阵风从西边吹来，

老格拉姆被吹得无影无踪。

"事情就是这样。"爸说，"老格拉姆的妻子是个特别小气的人，如果她做奶酪的时候没有把牛奶撇干净，乳清里就会留下小块的奶油，老格拉姆爷爷喝了乳清说不定还能勉强活命。可是她却连一点儿奶油都舍不得留，结果可怜的老格拉姆爷爷虚弱到一阵风就把他刮跑了。他完全是饿死的啊。"

说到这里，爸看了一眼妈，对她说："卡洛琳，只要你在，我们就不会饿死。"

"哦，查尔斯，如果没有你，我们才是真正失去了支撑。"妈温柔地说。

爸很高兴。一切都是如此美好，夏天的晚上，门窗都敞开着，妈洗好的盘子由玛丽和罗兰负责擦干净。碟子互相碰撞，发出愉快的轻微声响。爸收起了小提琴，微笑着吹起了欢快的口哨。

过了一会儿，爸说："卡洛琳，明天我要去趟亨利家，把他家的锄头借来用一下。咱家麦地里的树桩长出的树苗已经齐腰了，如果再不清理一下，麦田就要变回森林了。"

第二天一大早，爸就步行去了亨利叔叔家。没过一会儿，他又匆匆回来了，套上马车，把斧子、两个洗衣盆、煮锅和所有的水桶、木桶都带上了。

"不知道需不需要这些东西，卡洛琳，"爸说，"不过带着总比不带强，万一用的时候找不到可就麻烦了。"

"可是，爸，你为什么带着这些呢？"罗兰追着爸问个不停。

"爸爸发现一棵树上有蜜蜂窝，"妈妈对她说，"或许他会带些蜂蜜回来呢。"

中午，爸驾着马车回来了。罗兰一直在盼着爸。马车刚在牲口棚前停下，罗兰便飞跑到爸身边，但是她看不到马车上装了什么。

爸喊道："卡洛琳，你快点儿把蜂蜜拿进屋去吧，我要把马带到牲口棚里了。"

妈朝马车走过来，有点儿失望地说："要是能有一桶蜂蜜就好了。"可是当她看了一眼马车后，吓了一大跳，爸开怀大笑。

爸带去的所有容器都装满了金黄色的蜂巢，两个洗衣盆、煮锅也都堆满了。

爸和妈来来回回搬了很多次，才把这些蜂蜜搬进屋里。妈拿出一个大盘子，将金黄色的蜂巢堆在上面，剩下的蜂巢用布盖了起来。

午餐的时候，大家一边享用着美味天然的蜂蜜，一边听爸讲他是如何发现这些蜂蜜的。

"我出去的时候没带枪，"爸说，"我本来就没打算打猎，更何况现在是夏天，我想也不会遇上什么危险的事。每年的这个时候，豹子和熊都吃得肥肥的，它们懒洋洋的，脾气温驯得很。

"我选择了一条最近的路穿过森林，谁想竟然遇到了一头熊。当我绕过一处矮树丛的时候，大熊正好站在那儿，离我的距离还不到咱家屋子这么宽。它也看见我了，不过并没搭理我，可能是我没带枪的缘故吧。

"它站在一棵大树下，一大群蜜蜂围着它嗡嗡叫，不过熊皮太厚，蜜蜂的针根本就刺不进去。它不耐烦地挥舞着前掌赶走这些蜜蜂。

"我站在那儿看着它把一只爪子伸进了一个树洞里，抽出来的时候，爪子上沾满了蜂蜜。它舔掉爪子上的蜂蜜，又伸了进去。这时候，我好想得到那些蜂蜜呀，我找来了一个木棍。

"我大声叫嚷着，挥舞着木棍，在树枝上敲打。大熊已经美美地饱餐了一顿，所以无心跟我纠缠。它把前爪放下来，摇摇摆摆朝森林中走去了。我追赶了几步，想让它跑快点儿，远离这棵满是蜂蜜的树，之后我再回来拉马车。"

罗兰问爸是如何躲避那些蜜蜂的。

"这不是难事。"爸说，"我把马藏在森林里，这样蜜蜂就不会蜇着它们了，然后，我再去砍倒那棵树，把树干从中劈开。"

"那有没有蜜蜂蜇你呢？"

"没有。"爸说，"蜜蜂从来没蜇过我。那棵树是空心的，里面从上到下全都是蜂蜜。那些蜜蜂一定是花费了很多年，才能把那么大的一棵树填满蜂蜜。里面虽然也有一些陈年的蜂蜜，但是多数都是非常新鲜的蜂蜜。"

"唉，可怜的蜜蜂，"罗兰说，"它们那么认真地采蜜，现在却一无所有了。"

爸告诉罗兰，树洞里留下的蜂蜜还很多。附近还有另一棵高大的空心树，它们可以把家搬到那儿去。他说它们也该有个更干净的新家了。它们会把留在老树中的陈年蜂蜜酿成新鲜的蜂蜜，储存在它们的新家里。它们会把每一滴洒出来的蜂蜜都收集起来，在冬天到来之前，它们就会有足够的蜂蜜了。

第十一章
收获季节

又到了一年中收获的季节，亨利叔叔和爸这时会互相帮忙。当亨利叔叔来帮忙的时候，波丽婶婶会带着堂兄妹一起来小木屋，罗兰可以跟他们玩上一整天。等爸去帮亨利叔叔收割谷物时，妈也会带着罗兰、玛丽和小卡琳到他们家玩一天。

妈和波丽婶婶在屋子里做家务活儿，孩子们就在院子里玩。波丽婶婶家的院子可是一个好玩儿的地方。院子里有粗大的树桩，大家从一根树桩跳到另一根树桩上，脚可以不用踩在地面上。

在树桩密集的地方，就连年纪最小的罗兰也能轻轻松松地跳过去。查理堂兄快十一岁了，他玩得比别的孩子都要自如，有时候可以一次跳过两个树桩，甚至可以在有横木的栅栏上走来走去。

爸和亨利叔叔在田里，用大镰刀割着燕麦。大镰刀的主体是一把锋利的钢刀，固定在一个木条做成的框架上，当刀刃碰到麦秆时，麦秆就会被割断。爸和亨利叔叔的手中各有一把，在不断挥舞着。当燕麦秆差不多可以堆成一堆时，他们就把燕麦秆放倒在地上，整齐地码成麦堆。

干这活儿特别辛苦，要顶着烈日在田里一圈一圈地走，双手一直扶着沉重的大镰刀，最后还得把割下来的燕麦秆拢成堆。

他们弯下腰，在每一堆麦秆里抽出一小把麦秆捆在一起，形成一根长长的草绳。然后，他们把这堆燕麦用草绳捆紧，并将绳端塞到里面。捆完七捆，就要把它们堆成麦束堆。堆麦束堆时，他们把五捆燕麦竖直立在地上，麦穗朝上，紧紧靠在一起。然后，他们把另外两捆燕麦的麦秆苴摊开，架在上面，形成一个小顶盖，这样可以避免雨水打湿。

天黑以前，割下来的燕麦都要整整齐齐地堆成麦束堆，因为一旦受潮，燕麦就会坏掉。

中午，亨利叔叔和爸匆匆走回家，狼吞虎咽地吃完了饭。亨利叔叔告诉查理，一会儿必须到地里去帮忙。

罗兰听了，瞥了一眼爸。因为她以前听爸妈说过查理被亨利叔叔和波丽婶婶惯坏了，爸在十一岁的时候已经能够独立干农活儿了，但查理哥哥却连最简单的农活儿都没有做过。

现在亨利叔叔让查理去地里帮忙，这样可以节省不少时间。查理可以去打水，还可以给他们送水喝，要是镰刀钝了，他还能把磨刀石取来。孩子们都看着查理。查理好像不是很开心，他不愿意去给爸和亨利叔叔当帮手，他想留下来在院子里玩。但是，他没敢拒绝。

爸和亨利叔叔片刻也没休息，就立刻又返回地里干活儿去了，查理也跟着他们一块儿去了。

现在，玛丽成了最大的孩子了，她不喜欢蹦来跳去的游戏，只喜欢安安静静地玩过家家。所以，孩子们在院子里做了一个游戏室。他们把树叶当作盘子、树墩当作桌子、椅子和炉灶，小树枝是她们的孩子。

那天回家的路上，罗兰和玛丽听到爸在给妈讲田里发生的事情。

他说查理不像是去帮忙的，倒像是去添乱的。

查理总是故意站在爸和亨利叔叔面前挡路，这严重影响了他们割燕麦的速度；他们想要磨刀时，磨刀石被查理藏了起来；亨利叔叔想要喝水，吼了他三四次，他才勉强把水壶递给他们。

之后，查理一直跟在他们后头，喋喋不休地问这问那。大人们忙得不可开交，就让他到一边待着去。

不久，爸和亨利叔叔忽然听见查理发出了一阵恐惧的尖叫。他们立刻扔下镰刀，跑过去。因为这

里杂草丛生，时常有蛇出没。

爸和亨利叔叔找到查理的时候，他竟然嬉皮笑脸地说什么事情都没发生，只是想跟他们开个玩笑。爸说如果换作是他的孩子，他一定会狠狠地抽他一顿，但是亨利叔叔没有这样做。

他们只好喝了一点儿水，接着回去干活儿了。

查理一连尖叫了三次，他们每次都飞跑过去，可每次他都是在耍把戏，他觉得开这种玩笑很有趣。尽管如此，亨利叔叔始终都没有责备查理。

哪知，他又一次尖叫起来，这已经是第四次了，而且声音比前几次更响亮。爸和亨利叔叔看见查理跳起来很高，一边跳着还一边叫着，怎么也看不出有什么不对劲，况且他们已经被骗了好几次了，所以，他们又继续埋头干活儿了。

查理一直在尖叫着，声音越来越大，越来越刺耳。爸一声不吭，亨利叔叔说："别管他，让他叫个够。"他们就继续干活儿，任凭他一个劲儿地在那儿叫。

查理的叫声还在继续。亨利叔叔开始担心会不会真的出什么事，就赶紧放下镰刀跑了过去。

原来，查理在地上蹦来蹦去的时候，不小心踩到了地里的马蜂窝，几百只马蜂从窝里飞出来，成群结队地围攻查理。蜇他的脸、手、脖子和鼻子，甚至有一些从他的裤管里爬进去蜇。他跳喊得越厉害，它们就蜇得越凶。

爸和亨利叔叔一人抓住他一只胳膊，把他带离马蜂的巢穴范围。他们脱掉他的衣服，衣服上满是马蜂，他的全身被蜇得肿了起来。他们赶走了衣服上的马蜂，又给查理穿上衣服，让他回家去。

那时，罗兰、玛丽和堂姐妹们正安安静静地在院子里玩，突然听到了很大的哭声。当查理哭喊着走进院子时，整个脸都是肿的，泪水在肿胀的眼睛里都流不下来了。

他的手和脖子都红肿着，脸更是肿得又大又硬，手指也变成圆的了。肿胀的脸和脖子上布满了硬硬的白色小凹痕。

罗兰、玛丽和堂兄妹们都站在那里看着他。

妈和波丽婶婶急忙从屋里跑出来，问他到底是怎么回事。查理什么也没有说，只是一个劲儿地哭。妈说肯定是被马蜂蜇了。她赶紧跑到菜园里挖了一大盆泥土，同时波丽婶婶也把查理带到屋里，给他脱掉了衣服。

她们把泥土弄成泥浆，涂抹在查理的身上，然后用一条旧床单把他裹了起来，让他躺在床上。他的眼睛已经肿得睁不开了，鼻子看上去也很滑稽。妈和波丽婶婶给他的整张脸都涂满了泥，再用布把脸包起来。最后，只能看见查理的嘴巴和鼻孔了。

波丽婶婶煎了一些草药，让查理喝了好退烧。罗兰、玛丽和堂兄妹们围在床边看了他一会儿。

天黑时，爸和亨利叔叔才回家来。所有燕麦都收割完堆放好了，即便是现在下雨，也不必担心了。

爸不能留下来吃晚饭，因为家里的奶牛需要挤奶。如果不按时挤牛奶，牛奶就会分泌得不好。所以爸麻利地套好马车，一家人赶回家去了。

爸今天实在是太累了，他的手酸痛得已经没有力气驾马车了，还好，马认识回家的路。妈抱着小卡琳坐在爸身边，罗兰和玛丽坐在货箱里的板子上。爸给妈讲查理的事她们全都听到了。

听着爸说起查理的事，罗兰和玛丽都被吓着了。尽管她们有时候也很顽皮，但是从来都不会是查理的这种方式。他不仅没有主动帮忙，居然还要捣蛋。

说到那个马蜂窝的时候，爸说："撒谎的孩子总要受点儿教训。"

那天晚上，罗兰躺在床上，听着雨水拍打着窗子的声音，心里回想着爸说的话。罗兰觉得查理被马蜂蜇是老天给他的惩罚。况且，他踩到马蜂窝，它们蜇他也是应该的。

但是，罗兰想不明白一件事，那就是，爸为什么说查理是撒谎的孩子呢?

第十二章
奇妙的机器

第二天，爸割掉几捆燕麦的麦穗，把剩下的麦秆拿给了妈。妈把麦秆泡进水盆里，让它慢慢变软，经过这样的处理，麦子就会变得非常柔韧。然后，妈在水盆旁的椅子上坐下来，开始编麦秆。

妈先把麦秆的一端系在一起，接着就开始编。麦秆的长度不一样，当一根麦秆快编完时，妈就又接上一根新的继续编。

妈把编好的部分继续泡在水里，抓着另一头不停地编着，直至编成一根很长很长的麦绳。这些天，妈一闲下来就编麦秆。

她用七根最细的麦秆编成了一根精致、平滑的细绳。用九根麦秆编成的麦绳比较粗，末端还要用丝线绑牢。接着，妈用最粗的麦秆编了一条最粗的绳子。

等所有的麦秆编完后，妈用结实的白线穿进针里，从一根麦绳的一端开始，将其一圈一圈地缝在一起。在连接的时候还要压一下麦绳，这样它们就变成了扁平状，最后形成了一个草垫子。

妈说这就是草帽的顶部。

然后，她把麦绳扎得更紧了，继续一圈一圈地缝。绳子向内收，形成了帽围。当帽围缝出一定高度后，妈便将捏紧的麦绳松了松，继续缝，于是，帽檐慢慢形成了。帽檐足够宽的时候，妈将麦绳剪断，并将末端缝好，这样，麦绳就不会自行松脱了。

妈用最细的麦绳为玛丽和罗兰各做了一顶帽子。至于妈自己的和爸的帽子则是用比较宽的麦绳做的。爸的这项帽子是星期天时戴的。妈另外还用最宽的也是最粗糙的麦绳给爸编了两顶帽子，爸干活儿时戴。

妈做好帽子后，把它们放在阳光下的木板上晾干，其间还不断地整理帽子的形状，这样，当帽子晾干后就会保持这个形状了。

妈做的帽子十分精致。罗兰喜欢看妈做帽子，她也学会了如何编麦秆，还为布娃娃夏洛蒂编了一顶小帽子。

白天变得越来越短，夜晚变得越来越长，天气中泛出微微的凉意。一天晚上，雪精灵杰克经过了这里。第二天早上，大森林里的绿叶间呈现出一簇簇亮丽的色彩。随后，所有的树叶不再是一片碧绿，而是逐渐变成黄色、橙色、大红色或者金色，还有的变成了棕色。

篱笆边上，在火焰一般的漆树叶子之间显现出了红色的浆果。橡树的果实也纷纷掉落，成了姐妹俩过家家时的小杯子和小碟子。大森林里还有满地的胡桃和山核桃，到处能看见忙碌的小松鼠在忙着搬运食物。

妈带着罗兰和玛丽一起去捡胡桃和山核桃。她们把拾回来的坚果摊在太阳下晒干，然后敲掉硬壳，把果仁收集起来，作为过冬的储备。

胡桃又大又圆，山核桃个头较小，小榛果成束地生长在灌木丛中，拾坚果特别好玩儿。山核桃坚硬的外壳外面还有一个软的果皮，这层果皮里饱含着褐色的汁水，会染到她们的手上。榛果的外壳闻起来很香，罗兰常常把榛果放在嘴里，用牙齿使劲一咬，发现它的味道也不错。

现在大家都很忙碌，菜园里的菜要及时储存好。爸从地里把土豆挖出来，罗兰和玛丽就跟在后面把它们收集起来，还要拔那些长长的胡萝卜和圆圆的白萝卜。她们还帮妈把南瓜煮了做南瓜饼。

妈用屠刀将南瓜一分为二，掏出南瓜籽和瓤，然后把南瓜切成长条，去掉皮。罗兰帮忙把南瓜切成小块。

妈把南瓜块放在一口大锅里，加上一些水，等着煮开。妈要看着锅，等里面的水和汁液都熬干了，但又不能让南瓜烧焦了，所以这得耗费一天的时间。

这时锅里的南瓜就会变成黏稠的、色泽明亮的南瓜糊。它们不会像水开了那样沸腾，而是不停地冒出小泡泡，然后在表面破开。泡泡一爆开，南瓜的香味就扑鼻而来。

罗兰坐在椅子上，帮妈看着锅里的南瓜糊，并不时地用木勺子在锅里搅着。因为稍不注意，南瓜糊就会粘锅，那样就没办法做出美味的南瓜派了。

午餐的时候，她们就着煮好的南瓜糊吃了些面包。她们喜欢把盘子里的南瓜糊做出各种造型。南瓜糊颜色鲜艳，滑滑的，只用刀叉就可以做成各种好看的形状。妈一向不许她们在餐桌上把食物摆弄着玩，她们必须规规矩矩地吃完自己盘子里的食物，不许留下剩饭剩菜。不过，对于今天新煮的南瓜糊，妈并不反对她们在享用之前弄成自己喜欢的形状。

有些时候，笋瓜也可以当作午餐。笋瓜的皮很硬，妈得拿着爸的斧子才能切开。罗兰喜欢在烤熟的笋瓜上涂一层牛油，然后用勺子舀着吃。

这段时间，餐桌上还有一道美味的食物，那就是脱壳玉米加牛奶。妈在开始剥玉米皮时，罗兰已经急着想吃了。不过，这道菜做起来非常费时，去皮的玉米要花上两三天才能做好。

第一天，妈要把炉灶清理干净，放上干净的硬木柴来烧，然后把木柴烧出来的灰包在布袋子里。

当天晚上，爸带回来一些颗粒饱满的玉米棒。他把那些又小又干瘪的玉米粒去掉，把饱满的玉米粒剥下来，放进盆子里，直到放满一盆为止。

第二天，妈就把剥下来的玉米粒和装了炉灰的布袋子都放在锅里，加入一些水，慢慢熬煮。不久，玉米粒全都膨胀开来，直至表皮破裂开始脱落。

等到玉米粒表皮都煮裂开之后，妈就把大铁锅搬到院子里，将锅里的玉米粒都倒出来放在装满冷水的盆里。然后，妈将袖子卷到手肘上方，跪在盆边上，用手揉搓着玉米，直至玉米皮全部脱落，浮在水面。接着妈把水倒掉，再重新在盆子里加一些清水。她不断地揉搓玉米和换水，直到所有的玉米外皮都脱落了。

这时妈看起来更漂亮了，她的脸蛋红扑扑的，裸露在外面的手臂丰满而白皙，深色的头发柔顺光滑。妈是个爱干净的人，干活儿时连一滴水都没溅到裙子上。

玉米皮全部去除后，妈就把柔软的白色玉米粒装进食品储藏室里的大罐子里。这样，晚餐的时候就有美味可口的玉米加牛奶可以吃了。

有时候早晨吃去皮玉米会加枫糖浆，有时候妈还用猪油来煎玉米粒。不过，罗兰最喜欢吃的还是玉米加牛奶。

秋天总是给人带来很多乐趣。有太多的活儿可做，有很多好东西可以吃，有太多新鲜的东西可以玩。罗兰就像一只小松鼠，从早到晚，跑来跑去，还叽叽喳喳地说个不停。

在一个下霜的早晨，路上突然开过来一台机器。这台机器由四匹马拉着，上面坐着两个男人。马把机器拉到了爸、亨利叔叔、爷爷和彼得森先生堆放小麦的田地里。

后面还有另外两个男人拉着一台小一些的机器。

爸告诉妈说，打麦子的机器来了，说完，就急匆匆地牵着马赶到田里去了。罗兰和玛丽征得妈的同意后，也随着爸跑到田里。只要她们注意安全，不妨碍大人干活儿，就可以站在旁边观看。

亨利叔叔骑着马来了，并把他的马拴在了一棵树上。然后，亨利叔叔和爸爸将其他马全都套到了那台较小的机器上，一共八匹。他们把每匹马分别套到机器中央伸出的一根长棍末端上。地上放着一根长长的铁棒，连接着这台机器和那台较大的机器。

后来，爸告诉罗兰和玛丽，那台大的机器叫作"脱粒机"，那根长长的铁棒叫作"连轴杆"，小机器叫作"马力机"。因为用八匹马带动，所以也叫作"八马力机"。

马力机上坐着一个男人，当一切准备就绪后，这个人就负责驱赶八匹马走起来。它们围着这个人绕圈走，每匹马拉动自己所套着的那根长棍，跟着前面的马走。在转圈的时候，它们总是小心翼翼地走着，生怕被那根转动的连轴杆绊着。

马力机转动的时候，后面的脱粒机也跟着运作起来，发出轰轰的巨大响声。

罗兰和玛丽站在田里，拉着手，瞪大眼睛看着。她们从来没见过机器，也从来没有听过这么大的声响。

爸和亨利叔叔站在麦垛上，把一捆捆的麦子扔到下面的一块木板上。有一个男人站在木板上，他割掉捆麦子的绳子，把麦子都塞进脱粒机的小洞里。那个洞像是脱粒机的嘴，长着铁齿铜牙。牙齿咬过的麦子进到脱粒机里面，麦粒从一侧的开口流出来，而麦秆就从另外一侧排出来。

有两个男人迅速地将麦秆踩实，把它堆成堆。另一个男人忙着把流出来的麦粒装进袋子里。麦粒从脱粒机里流进一个量具里，量具一满，那个男人就立刻换上一个继续装。

每个人都在不间断地工作，而这台机器也完全能够赶上他们的节奏。罗兰和玛丽兴奋得都不能顺畅地呼吸了，她们紧紧地牵着手，瞪大眼睛看着。

马不停地绕圈子，赶马的人噼噼啪啪地用鞭子赶着马，大声催促道："快点儿，约翰，可别想偷懒。"

"小心点儿，比利！悠着点儿走，伙计！不要走那么快！"

脱粒机吞入了麦束，金黄色的麦秆像一团金色的云一样被吐出来，人们加快速度时，淡棕色的麦粒从出口喷涌而出。爸和亨利叔叔飞快地抱起麦捆往下扔，麦壳和灰尘四处飞扬。

罗兰和玛丽直到快中午的时候，才回家去帮妈为大家准备午饭。

炉子上，一大锅卷心菜炖肉正在煮着。烤箱里烤着一大盘青豆和一块强尼蛋糕。罗兰和玛丽帮着摆好餐桌。她们端上了自然发酵的面包和黄油、炖南瓜、南瓜派、干浆果馅饼、饼干、奶酪、蜂蜜和牛奶。

接着，妈把水煮土豆、卷心菜炖肉、烤青豆，还有刚出炉的强尼蛋糕和烤笋瓜放在桌上，还倒上了茶。

　　罗兰一直弄不明白用玉米粉做成的面包为什么叫作"强尼蛋糕"，它根本就不是蛋糕啊。妈也解释不清楚，她说南北战争的时候，北方的战士把这叫作强尼蛋糕，而这种东西一直是南方人的日常食物。当时，北方军称呼南方军为"强尼"，所以这种面包就被叫作"强尼蛋糕"了。

　　妈只是听别人说这种面包应该叫作"强尼蛋糕"，具体原因她也并不了解。因为实际上这种面包并不适合出门的时候带。

　　中午，打麦人坐在摆满食物的餐桌前。他们工作得那么辛苦，现在都很饿，再多的食物也不会嫌多。

　　晚些时候，机器把麦子打完了，打麦人带走几袋麦子作为工钱，然后又会把机器带到大森林的其他地方，还有很多人在等着打麦呢。

　　那天晚上，爸虽然很疲惫，但是很高兴。他对妈说："如果我和亨利再加上彼得森三个人，至少要花几个星期的时间才能把这些燕麦打完，而且不会像机器打得这么干净。"

　　"这种机器真是个非常伟大的发明。如果还有人愿意用古老的方式打麦子，那就随他去吧，但是，我完全赞成采用新发明新技术。我们生活在一个伟大的时代。以后每年打麦，我都要用机器来打。"

　　那天晚上爸实在太累了，因此没顾上和罗兰说话。不过罗兰还是由衷地为爸爸感到骄傲。因为正是他请人帮他们把麦子堆到一起，并找来了脱粒机。这真是一台神奇的机器，人人都为它的到来而高兴。

第十三章
森林里的鹿

秋天来了，大森林里的草都干枯了，因此奶牛被关进了牲口棚圈养起来。冷冷的秋雨连绵不绝，五彩斑斓的树叶都变成了深褐色。

罗兰和玛丽不能再去树下玩游戏了。爸在下雨的日子就会待在家，吃过晚饭后，还会拉小提琴给玛丽和罗兰听。

秋雨过后，气温骤降。一天早晨起来的时候，罗兰发现外面结霜了。白天变短了，炉灶里从早到晚燃着一小堆火，这样屋里就可以暖和一点儿。冬天的脚步近了。

阁楼和地窖又塞满了过冬的食物，罗兰和玛丽开始学习缝纫。

一天晚上，爸做完杂务回来说，吃过晚饭他要到鹿舔盐的地方去捕一头鹿。从春天到现在，家里好久都没吃过新鲜的肉了。现在小鹿们都已经长大，他可以打猎了。

爸在树林里的一块空地上设置了一个鹿的舔盐场，四周都是树，他可以坐在树上观察。舔盐场是鹿获得盐分的地方。鹿一旦发现了这块土地的盐分比较高，就会成群结队地来舔盐，这样，人工的舔盐场也就形成了。

晚饭过后，爸就扛上猎枪走进了森林。这晚，罗兰和玛丽没有听到故事，也没有听到小提琴的琴声。

早晨一醒过来，她们就迫不及待跑到窗口去看，但橡树枝上没有挂着鹿。以往，爸是绝不会空手而归的，罗兰和玛丽不明白这回是怎么了。

一整天，爸都显得忙忙碌碌。用枯叶和秸秆堆在小木屋和牲口棚四周，并用石头把它们压住，从而抵御寒冷。到了晚上，暖炉的火熊熊燃烧起来。爸用一些碎布塞住了窗户的缝隙以抵御寒风。

晚餐过后，爸抱起罗兰放在腿上，玛丽坐在她的小椅子上。爸说："现在我来告诉你们，为什么今天我们没吃上鲜肉。"

"我走到鹿舔盐的地方，爬到一棵大橡树上，在树枝间找到一个地方，舒舒服服地坐下来，视野非常好。我在枪里装上了子弹，把枪架在膝盖上。

"我坐在那儿，等着月亮升起来照亮那块地方。

"昨天我砍了一整天木柴，觉得有些累，不知不觉竟睡着了。等我醒来时，月亮已经低低地挂在天空中，皎洁的月光洒向那块空地。我看见空地上站着一只鹿，它的头高高仰起，像是在倾听什么，头上长着一对挺拔秀美的鹿角。它背对着月光，呈现出黑色的身影。

"本来我只要举起枪，射杀它是轻而易举的一件事。可它看上去是那么美丽，那么强壮，我实在不忍心下手。我就一直坐在那儿凝视它，一直到它又回到森林里为止。

"就在这时候，我想起你们还在家里等我带新鲜的鹿肉回去，所以我决定，只要再有鹿来，我一定开枪。

"不一会儿，一头大熊闯进了空地，它一定是在夏天吃足了浆果、树根和虫子，圆滚滚的，个头足有两头熊那么大。它在月光下笨拙地爬过空地，来到一根腐木旁。它闻了闻，听了听，接着用爪子把树干撕开，大把大把地抓着里面的白蚁吃起来。

"随后，它用后脚站起来，似乎嗅出了空气中的异样，左顾右盼，想要搞个明白。它那呆头呆脑的样子实在太惹人喜爱了，而且，月光下的森林又显得那么宁静，我完全忘记开枪了。直到它晃晃悠悠走进了森林，我才回过神来。

"我一边自责，一边提示自己下次绝对不能再心软了。我在树上摆正姿势，发誓不管下一个出来的是什么猎物，我都要开枪。

"月亮升得越来越高，皎洁的月光照亮了那块空地，而四周却是漆黑一片。

"过了很长一段时间，一只母鹿带着一只小鹿出现在空地上，脚步轻盈，丝毫看不出害怕的样子。它们走到了我撒盐的地方，慢条斯理地舔起地上的盐来。

"然后，它们抬起头，彼此对望着。鹿宝宝走到母鹿身边，和母鹿一起看着树林和天上的月亮。它们的眼睛里充满了温柔的

神色。

"我一直坐在树上看着它们，直到它们离开。然后我就回家了。"

罗兰凑在爸耳边，悄悄说："我真高兴你没有开枪射死它们。"

玛丽也说："我们可以吃面包和奶酪呀。"

爸把玛丽从椅子上抱起来，把她俩紧紧地搂抱在了怀里。

"你们真是我的乖女儿。"他说，"现在该上床睡觉了。快去吧，我去拿小提琴。"

罗兰和玛丽做完祷告，舒舒服服地躺进了被窝里。爸已经准备好小提琴，妈吹灭了油灯，坐在摇椅上轻轻地摇晃着，身旁缝补袜子的针偶尔闪出银白色的光亮。

炉火和音乐相伴的漫长冬夜再次来临。

爸的小提琴配合着他的歌声，非常动听。

哦，苏娜，请不要为我流泪，

我要到加利福尼亚，

去寻找那里的金沙。

接着，爸又拉起了《老格里姆》这首曲子。但并不是一样的歌词。爸用他那浑厚而柔和的声音轻轻地唱道：

怎能忘记旧日朋友，

从此再也不怀想？

旧日朋友岂能相忘，

友谊地久天长。

怎能忘记旧日朋友，

从此再也不怀想……

当小提琴的乐声停止时，罗兰小声问道："爸，这首歌说的'昔日的时光'是什么意思啊？"

"就是很久很久以前的日子，罗兰。好了，你们快睡吧。"爸说。

但罗兰没睡着，她静静地倾听着轻柔的小提琴声，还有大森林里寂寥的风声。她看着爸坐在壁炉旁的凳子上，火光映照着他棕色的头发和胡须，还有他那把蜜棕色的小提琴。妈坐在对面的摇椅上做着针线活儿。

"现在多美好啊。"罗兰默默地对自己说。

她很高兴自己能享受眼前的一切——温馨舒适的小木屋、爸、妈、暖炉和琴声。她想，此刻这一切都不该被遗忘，因为这永远不会变成遥远的过去。